# 無聊的人生，死也不要！

## 那些日劇教我們的72件事

陳銘磻／文・圖

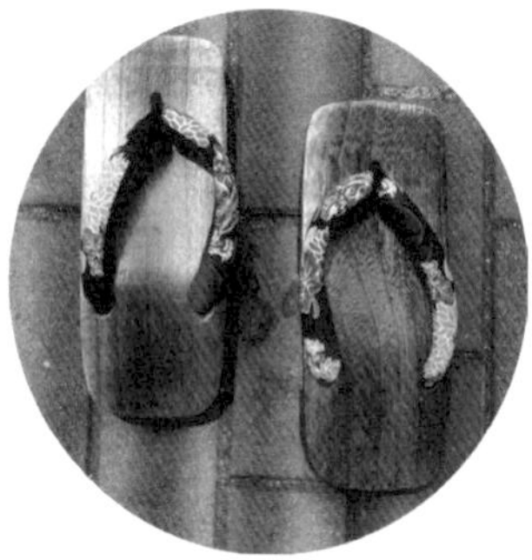

〔戲言〕

# 人世間，露水般短暫，然而，然而。

標題——日本俳人 小林一茶

我的年少生涯，父親日間是新聞記者，夜間是戲院經理，於是看了多年免費電影，猶迷東洋影片，《野菊之墓》、《楢山節考》、《七武士》、《丹下佐膳》、《愛染桂》、《黃金孔雀城》、《金色夜叉》……，實難概括。後來又愛上日劇，從而跟隨劇迷成為「日劇御宅族」。

日文「御宅」，原為尊稱對方或對方宅邸的敬語，後來形成族群代名。「宅」字泛指熱中某類次文化並對其有深入認知者，而「御宅族」意指博精次文化事物的族群，無關乎「宅」在家不出門的「宅男」、「宅女」。

我這老大不小的人，某年某夜猝然一頭栽入擅長改編自文學名著、漫畫名作，散發生動大和民族人文美學、文化特質的日劇，夜夜未輟。這些以製作精緻取勝的戲劇，大都跟真實人生呼應，撩人從中萃取露水生命的內涵。

日本的人文美學，經千百年歷史淬鍊，昇華為和歌、物語、能劇、文樂、浮世繪、和風庭園、禪宗、雅道、書法、演歌、文化遺產、漫畫、次文化，乃至近代最常改編自小說與漫畫的電影與電視劇，這些承續自傳統習俗、宗教信仰、生命哲學等國風文化，被大量運用到戲劇，生生不息的演化，使日劇得以綿延流傳、歷久不衰。

本書篇章，即是個人觀劇不輟的感觸、筆記，更與人世智慧、自嘲自笑，相互交織並生的適意情態，以隨筆付之。小林旭啊，小栗旬吧，去他的坎坷，什麼悲哀，飛蓬正盛的春櫻綻開季節，請跟隨大河劇的交響曲，到書裡來賞玩喲！

〔序文〕

# 送你一輪明月

每次見到陳銘磻先生這位前輩，總是直接「阿磻」、「阿磻」沒大沒小的叫他，喜歡穿花襯衫、緊身T恤的他毫不在意，也總是笑迷迷回應。

最近才發現我們除了都喜歡去日本旅行，寫有關日本的文章，收集日本的小東西，竟然同是日劇迷。這些年被醫生警告睡前不能再躺著讀書，最好的辦法就是看日劇，因為我的哭點和笑點都很低，所以看看日劇、哭哭笑笑、練練氣功，就可以心滿意足入睡。

阿磻看的日劇橫跨各種類型，正在職場奮鬥，急需加油打氣的朋友可以看《半澤直樹》、《Change》、《王牌女行員花咲舞》、《房仲女王》、《重版出來！》、《彬與瑛》。失戀的人不妨看看《一〇一次求婚》、《失戀巧克力》、《倒數第二次戀愛》、《那一年我們談的那場戀愛》、《拜託請愛我》、《家族的形式》，一定能療癒痛苦，重拾信心。

如果想探討各式各樣的愛情及婚姻哲學，建議觀賞《世紀末之詩》、《流星》、《家政婦女王》、《毫不保留的愛》、《戀妻家宮本》（電影）、《科學怪人之戀》、《再一次求婚》、《賢者之愛》。

關於美食則有《美食不孤獨》、《深夜食堂》、《天皇御廚》。

溫馨小品如《如果這世界貓消失了》（電影）、《椿文具店——鎌倉代筆人物語》、《毛毯貓》、《四重奏》。大河劇《龍馬傳》、《平清盛》會讓人追劇追到廢寢忘食。想了解現代年輕人究竟在想什麼？可以參考《月薪嬌妻》（逃避雖可恥但有用）、《寬鬆世代又怎樣》。看完《白色巨塔》、《金錢戰爭》、《人間的證明》、《銀座夜女王》肯定對人性另有一番深刻體會。

喜歡推理的朋友可以選擇《流星之絆》、《沒有薔薇的花店》、《反轉》、《LAST FRIENDS》、《大小姐的骨推理》、《即便是愛，也有祕密》、《ST破案天團》。還有一部由小栗旬、西島秀俊主演的公安機動搜查隊特搜班《Crisis危機英雄》，特別邀請來自印尼的「席拉」及菲律賓的「卡利」，對演員進行武術和劍、棍術指導，武打動作乾淨利落，帥爆了。

這本書當然不是日劇指南，透過每部戲，阿磻彷彿把自己的人生也跟著演了一遍。過去的阿磻是報導文學、地景文學的高手，獲獎連連；近年則走遍日本，介紹日本作家及其名著。一直到這本《無聊的人生，死也不要！——那些日劇教我們的72件事》才開始寫自己，寫他的成長過程，寫出他內心深處種種感悟。聽說原稿來來回回修了超過九次，可見他有多麼在乎，實在令人敬佩。

他在書中提到的良寬禪師（1758～1831），是江戶時代曹洞宗名僧，出生越後國出雲崎，家勢顯赫，自幼受漢文化教育，精通字畫，擅長詩歌，和漢雙語皆通，十八歲在光照寺削髮為沙門，清貧自在。

某晚，有個覬覦很久的小賊趁良寬禪師外出，光顧他的草庵，什麼也找不到，空著手正要離去，不巧碰到良寬，良寬怕山林夜來寒涼，竟把身上的袈裟脫下來送給小賊，小賊慌忙抓起袈裟離去，良寬目送，說道：「可惜啊，沒能送他一輪明月。」隔日晨起，良寬走出戶外，只見自己的袈裟摺得整整齊齊置於門口，應是小賊良心發現，開啟如明月般的本性。

良寬禪師講法傳道崇尚自然，最不喜歡「書家的字、廚師的菜與詩人的詩」，即使花開花落，明月高照，日子還是像良寬禪師一樣過得很瀟灑。日劇就像我們的生活，都是人生拼圖的一小片，拼著拼著也能拼出大河劇。生活雖然有點煩，只要有日劇，還是可以過得很有意思。

最後我也貢獻幾部私房菜，想看劇情的可以參考《俠飯》、《靈異界限》、《Specialist》、《99.9不可能的翻案》。《校對女王》的女主角石原聰美在劇中搭配的每套服裝都可以當成穿衣指南。至於《王牌大冤家》、《刑警七人》、《幕末美食 武士飯》光看男主角竹野內豐、東山紀之、瀨戶康史就足以雙手投降，死心塌地被綁架。

珠寶詩人 曾郁雯

二〇一七年初秋臺北

# 【目次】

# 沒有人是為了傷害誰，讓誰不幸才來到世界。

・就算一家人，有些話不說出來、難以啓齒，對方還是不會理解，假裝知道，又什麼都不說，才是最大的禍因。

美籍黎巴嫩詩人紀伯倫說：「你的孩子，其實不是你的孩子，他們是生命對自身渴望而誕生，借由你來到世界，卻非因你而來，他們在你身邊，卻不屬於你的。你可以給予他們的是你的愛，卻不是你的想法，因為他們有自己的思想。」

明白人的生生世世，無不由自己抉擇父母後，才翩然出世，是生命的奧義。

身為父母，上天並未授與他們擁有選擇誰來當小孩的權利，孩子出生前，早在塵寰便已決意成為哪個好人家的小孩；所以，哭泣是上天賦與嬰兒的工作，名字是父母送給孩子的第一份禮物，父母要用感謝的心撫育選擇他們的小孩，而孩子在成長過程，無論發生什麼事，都該學習忍受世上種種如意、失意的遭遇，要為當初的抉擇負責。

紀伯倫在這首名為〈論孩子〉的詩作說：「你可以庇護的是他們的身體，卻不是他們的靈魂，因為他們的靈魂屬於明天，屬於你作夢也無法達到的明天。你可以拚盡全力，變得像他們一樣，卻不要讓他們變得和你一樣，因為生命不會後退，也不在過去停留。」重要的是：「你是弓，兒女是從你那裡射出的箭。弓箭手望著未來之路的箭靶，他用盡力氣將你拉開，使他的箭射得又快又遠。懷著快樂的心情，在弓箭手的手裡彎曲吧，因為他愛一路飛翔的箭，也愛

無比穩定的弓。」

我們都曾為人子女，或為人父母，這段文字給人深切啟發，父母不以家道之名要求孩子委命順從，不以親情之愛拿孩子當從屬。

讓親情相互敬重，自然流動；讓孩子用自己的靈魂自在成長！

敘說一位在孤兒院長大，性情溫和，判斷冷靜，只要還有一絲可能，也會全力以赴，拯救產婦與嬰兒性命的婦產科醫生鴻鳥櫻，以及醫療團隊盡心盡力處理新生兒各種疑難雜症的《天才婦科醫》，是敬重人道，闡述「生產是一種奇蹟」，感動人心的溫馨劇。

孩子的誕生和產婦的生命同樣重要。每一集、每一次，鴻鳥櫻對十月臨盆的嬰兒，會歡喜的說：「歡迎來到這個世界，恭喜你來到這個世界。」

這是喜悅，鴻鳥櫻說：「每一個生命都很珍貴，小寶寶來到這個世界是奇蹟。」又說：「每一個生命誕生的原因都不一樣，而孕育這個生命的是他的家人。」

沒有人是為了傷害誰，讓誰不幸才來到世界。親子之間會發生麻煩事，如果只依照傳統解決表面問題，一味用誇獎或謾罵方式處理，根本無法明確告訴成

長中的孩子某個行為適切與否。

讓一個尚未經歷俗事的小孩，在不解苦痛、悲傷和難過，甚至什麼才是羞恥的狀態下，忽然如雨後春筍般咻咻咻成長起來，父母對待孩子必須有所含容，不要一心只想著作他們的父母而已，要教育孩子適應環境，教他見自己、見天地、見眾生，日後便能見世面。大海從來就是為了那些不知去向的人而存在。就算一家人，有些話不說出來、難以啟齒，對方還是不會理解，假裝知道，又什麼都不說，才是最大禍因。

作家川端康成的小說《千羽鶴》有段話說：「也許愈親近、愈深愛的人，就愈難描繪出來。而愈醜惡的東西，就愈容易明確的留在記憶裡。」一家人因相互理解而重生，因意識到人類群居的生活是離不開彼此，誰能說這不是愛？

如此看來，並不是所有親族關係非得浪漫、抒情不可。父母、子女的好，請放在心上。

孩子會叫、會鬧、會說謊、會養成壞習慣、不講道理，即使受到干擾，父母也不該拿孩子出氣。杜絕任何傷害的行為，無論肉體、精神，總要事前預防，畢竟能分擔脆弱、痛苦的，只有親人。

孩子的天真，笑起來明明那麼好看，藏起來多浪費呀！

父母不是為生養子女而結合，小孩會給父母添麻煩是理所當然，孩子長大，不順心的事自然多起來，這時只能用從容有常去應對。

把馬牽到水邊是父母的職責，但不保證滿足每一次的饑渴。

**天才婦科醫（原名：コウノドリ）**

漫畫原作：鈴之木祐。

主演：綾野剛、松岡茉優、吉田羊、星野源、坂口健太郎、大森南朋。

# 誰都有過一無所有的經歷

- 真正的失敗，就是放棄挑戰的時候！
- 沒有辦法標價的東西最有價值。

一棵樹或一座山許多棵樹的價值，就是生命的美麗！即使不常見面，但感覺可以讓人坐在底下發癡、作夢的樹，是過去跟我們一起度過無數不可替代，那些不知走向何方的迷茫歲月的見證。而樹明明就站在那裡好多年，我們卻視而未見，差些遺忘曾在樹下高談闊論作美夢的點滴。

你有沒夢想？每個人都有吧！也許你會說，要想成就名人或有錢人的美夢備嘗辛勞，不易成真。啊呀，實踐夢想哪有不艱困的，哪有不花錢的，會麻煩，會鬱悶，像被蜘蛛絲纏繞一樣，很難解脫，有時會想，乾脆放棄！

你一定見過美夢被現實擊潰後失志，再也無力站起的人，憔悴失意的模樣。

「如果沒有人說夢話、追逐夢想，人生就很難前進！」《陸王》講述一間只有二十幾名職員，專事製作足袋的百年「小鉤屋」工廠，因業績低迷導致資金週轉不靈，陷入困境，嚴重到需要改變經營方針，研發新產品才可能翻身的窘境，銀行業務員告誡主事者宮澤紘一，如果不積極開拓新業務，銀行將不再融資借款。

幾經波折，社長宮澤開始思考拓展業務領域，引進新技術，準備活用製作足袋的技術，以縝密手工打造一款新式又耐穿的「裸足感」跑鞋。然而，對一間只有幾名老弱員工的企業來說，開發新產品既缺乏資金、人才和研發能力，更將面臨跟知名運動鞋廠商，艱鉅挑戰的重重壓力。

沒有一帆風順的人生，「我有過一無所有的經歷，知道絕望為何物，這是我最大的堅強。」社長宮澤遭遇銀行和廠商無數非難，卻在家人、員工、客戶和友人的協助下，逐一克服。「真正的失敗，就是放棄挑戰的時候！」他說。

我們在《陸王》看到什麼？學到什麼？學到面對挫敗和迎擊而上的態度。

宮澤始終相信：「無法標價的東西最有價值。我不想失去它們。」正如後來穿著「陸王跑鞋」，參與馬拉松比賽的茂木裕人說：「現在的小鉤屋就是兩年前的我，正處於存亡之間徘徊，正掙扎的想往上爬，如果我現在不穿陸王，那

就和痛苦時離我而去的人是一樣的。」又說：「小鉤屋和我一起跑，不管是好的時候還是壞的時候，都要相信自己一定會勝利。」果不其然，「陸王跑鞋」因茂木裕人奪標而揚名日本。

不少企業或你我，也許都曾有過類似與銀行交手，與同業對抗、鬥爭的不堪際遇，「小鉤屋」的奮勉歷程，讓觀眾在淚眼下體會到：「成功來自堅持，執著創造奇蹟！」

**陸王（原名：陸王）**

小說原作：池井戶潤。

主演：役所廣司、山崎賢人、竹內涼真、寺尾聰。

# 自己想要的，自己爭取！

・無法改變現狀，就只能改變想法。

・最困難的時候，就是我們離成功不遠了。

人生是在悲歡與離合中不斷進行，日子再苦再愁總要過下去，生活再困再倦也要挺下去。

寫作著名《百年孤寂》的哥倫比亞作家馬奎斯，在人生最後一書《苦妓回憶錄》提到：「我們這一代人年輕的時候對生活都太貪婪，以致身體和靈魂都忘記對未來的期盼，直到現實告訴我們，未來和我們曾經的夢想不一樣，便又開始懷戀舊日。」

人難免會活在過去。過去，就是沒那麼容易被歲月抹滅的記憶！而記憶之所以會逐漸模糊，是因看見或聽到不想回憶起來的東西，便假裝一片空白！這是人常講的「選擇性記憶」暗中作祟。

喂，日子過得太精明，會無趣，令人厭煩。要知道，下雨的滴答聲不是雨的聲音，雨沒有聲音，是雨水落到屋頂、樹葉、地上的聲音。

很多事不易找到答案，找不到答案時，有人會說：「當無法改變現狀，就只能改變想法。」有人會告訴自己，無論花幾年時間，都要這樣安詳活著，要如動漫家宮崎駿說的：「你不能等待別人來安排你的人生；自己想要的，自己爭取。」

活著的時間，遑論三十年、七十年，是不是能如願完成想做的事，誰也說不

定，喝咖啡挺著過也好，閒暇看雲跳舞，聽雨歌唱也可以，偶爾想念起在梅雨季節放晴的星空，都是美好的事。

啊！我們似乎忘了，履歷填得再多、再精采也無法記錄無常人世，因此，做不到的事，愈簡單愈好。

講述出身下級武士家庭，幕末時期的薩摩藩武士、軍人、政治家，本名西鄉隆永的西鄉隆盛一生事蹟的大河劇《西鄉殿》，敘述西鄉生涯，年少時追隨薩摩藩主島津齊彬，曾受命祕密探勘臺灣，到達南方澳內埤，居住半年。三次婚姻。之後和並稱「維新三傑」的木戶孝允、大久保利通等人，成功推翻幕府，迎接明治維新。

任職明治政府陸軍大將的西鄉，曾遭政府流放兩次，後來不滿新政府作為，起兵反抗，發動西南戰爭，敗北，最終在故鄉鹿兒島的城山洞窟切腹自盡。

西鄉性格好惡分明、活著時，遇到困境，會以「最困難的時候，就是我們離成功不遠了。」勉勵自己和部屬。

使人料想不到的幕末英雄，被認為是「末代武士」的西鄉，由他發動的西南戰爭，無異於警示明治政府，只見理想而不切實際的改革，不一定帶來完好變革，還可能使改革倒退。

《西鄉殿》啟發了「自己想要的，自己爭取」的意識，使人不期然想起過去曾在某處碰巧看見雲沐浴在朝陽下，倒映湖面，湖變成天空的鏡子，霧跟著雲，天空的鏡子變成深藍色，讓人感受無法預料的日常，適巧把人想要的好心情，在意想不到的時刻，以意想不到的方式帶過來。

花開了，又無常凋零；風停了，天急著要亮，人啊，別急著趕路，路上的美景正等著你去採擷。

**西鄉殿（原名：西鄉どん！殿，閣下之意）**

小說原作：林真理子。

主演：渡邊謙、鈴木亮平、瑛太、松坂慶子、北川景子、錦戶亮、松田翔太。

# 我曾經有夢，有些空洞……

・有夢想而無力實現，盡是苦澀。
・一旦破殼而出，就能變得無拘無束。

我曾經有夢，妄想開一間僅只販賣東洋文學書刊和日本精緻文具、紙製品，好大好大的書店，連店名都取了，叫「花散里紙書鋪」，內部裝潢依日本古典文學名著《源氏物語》的繪圖場景布置。「紙書鋪」取自《源氏物語》作者紫式部的諧音，「花散里」則是書中被形容為最具溫柔母性象徵的女主角的名字。

因為喜歡這部書，喜歡「花散里」三個字，喜歡日本文學和紙製品到了無以復加的癡迷地步，便萌發這個不易實現的夢想；多年後，夢想一直擱放心裡，既無積極作為，又未必一定實踐力行，放它留置腦門，不鏽不爛也未曾消失，滋味雖則拈絲枯澀，心情卻舒坦平和，當它癡人說夢。

就像以周刊漫畫編輯部為背景，敘述一群編輯人，勇於面對出版行銷挑戰的

《重版出來》，女主角所言：「我們做漫畫的，就是販賣夢想。即使世界在變，我們要做的事也只有一件，為了漫畫拚盡全力。然，我曾以為只要認真努力，人生就能如願以償，包括心中描繪的理想和夢想。但是，現實卻讓這個美夢破壞了。……誒，就算反過來也沒什麼不好。因為在某一個瞬間，夢想會讓現實破壞，又有何不可？」有夢想而無力實現，盡是苦澀。又說：「畫不出分鏡是因別人的感情在他心中湧動，讓他產生極大困惑，一旦破殼而出，就能變得無拘無束。」

曾經發生在你身上的夢想是什麼？實現夢想到底有多少可能性？這一生你是為了實現哪些夢想才活著？就算夢想成為富豪、嫁作富商婦，無論情事如何演變，假使沒找到自己想表達的意思，清楚描繪內心的想法，積極行動，最後一樣徒託夢想成為一灘殘山剩水。

原來，夢想還有這麼多選項，身為作家不致力寫作、寫不出好作品，這樣能算作家嗎？身為藝人無戲可亮相演出，這樣還算演員嗎？

如今，擁有夢想的人大都默默實踐，曾幾何時，放膽當個業務推銷高手也能稱作「夢想」，這算美事一樁呀！

**重版出來（原名：重版出來。書籍再版之意）**

漫畫原作：松田奈緒子。

主演：黑木華、小田切讓、坂口健太郎、松重豐。

# 我的人生是一趟追逐貓咪的旅程

・兩腳與聲音共伴，所以不覺寂寞。
・每當遇見貓，我就墜入小小的愛河。

有人旅行走馬看花，看不出風雅景致；旅遊而不下車走路，無心賞景，好比足球員無法下場踢球，不就等於奪走他的足球魂！

比起這個，人生行旅而無理想、沒有願景，才更恐怖！別用時代變化無常當藉口，無常無分別，逆轉勝、勝轉輸、盈轉虧、虧轉盈都是無常啊！更別拿學經歷卑微當託辭，人生旅行，我們不都是搭乘名叫「旅行者」的夢幻航班出發，仰望星空，小小星星微弱亮光，看整個世界好似一座美術館，那些名家作品就存在平常寺院的殿堂上、廣場之中。

夏日，頭戴草帽遊走北海道，為戀棧美瑛町四季彩の丘，盛開一望無際的薰衣草；為雨打花蕊，風漸涼。旅途中一口氣走了不知多長、多遠的路，腿都冒煙，還好，還好，因為兩腳與聲音共伴，所以不覺寂寞。

黃昏過後，從鄉間乘車回來，一屁股坐進僻巷一間有貓自在進出的居酒屋，點了一壺清酒、一碟華子魚背、一盤枝豆，聽鄰座陌生男子述說輝煌的東京生涯，從四十歲談到五十歲，仍不離「在東京的工作如何呀！在東京的單身生活怎樣啊！」而明明聽下來，這十年在東京好像也沒做成什麼，店家問他，離開東京的最後一天，心情怎樣？陌生男子答非所問的回說：「大家都說有空再回去看一下，你們看著，明天，就是明天，我要戴上岡山出產的麥稈真田帽，穿著新西裝到東京實踐旅行的心願，今年絕對不會又錯過了。」

有貓出入的居酒屋真好，「每當遇見貓，我就墜入小小的愛河。」講述一位愛貓愛到不可自拔，長相冷酷的男子犬飼健三，一心尋求對貓的愛，而貓就在一步之隔的巷弄裡的《貓和凶相大叔》，劇中男子經常背著喜歡養狗不盡然愛貓的妻女，獨自散步到東京郊區的吉祥寺、臺中區的貓街、貓咖小屋、貓奴的夢想國度、有貓的工作室，懷著和貓嬉戲的夢想而浪跡暗巷窄衖。

他心中充滿願望，每晚向神禱告，以能養貓為希望活到現在，「有貓咪存在

的美好世界，明明是冬天，卻有春天的溫暖。」在巷弄裡見到優雅的虎斑貓，那寂寞的綠眼睛，還有小小的可愛爪子，一度讓他懷疑自己見到的是不是幻象？

明明那麼喜歡貓，卻不能在家養貓，「我的人生是一趟追逐貓咪的旅程。」他說。

有貓的世界委實迷人，我愛貓、也養貓，貓咪相伴依偎在身邊睡覺、發萌、走跳的日子，消融我的心，讓我寫出不少作品。

「地球上有這麼可愛的生物，真的好嗎？」不幸的是，讓我同樣「墜入小小的愛河」的多多貓，寒冬某天午后，悄然步上歸程，別離摯愛的家人，致使我這個老男人依依難捨的哭了三天三夜。

**貓和凶相大叔（原名：猫とコワモテ）**

劇本：西山聰。

主演：田中要次。

# 如果這世界沒有了貓

- 人類總是從自己選擇的人生，望著無法選擇的另一種人生。
- 時間不是從過去流向未來，而是從未來流向現在。
- 笑容弄丟了，就算上Google也找不回來。

改編自作家川村元氣原作的電影《如果這世界貓消失了》，描述從事郵差工作的三十歲男子，母親過世後，獨自與母親生前撿拾回來，名叫「高麗菜」的貓咪相依為命。某日，他前往醫院檢查身體，得知腦中長了一顆惡性腫瘤，身心深受打擊後，日子過得如行屍走肉。

某天，偶遇長相跟自己一個模樣，自稱「惡魔」的人向他表示，只要他讓珍愛的東西消失一件，便能多活一天。等到他把心愛的東西一件件弄不見後，「惡魔」竟對他提出讓母親遺留下來的貓消失的要求，主角陷入天人交戰的困境，如果和他相依為命的貓消失了會怎樣？……

全劇闡述從剩餘的有限生命體會愛與淚水，感悟失去與珍惜的奇遇。結果是，美好的回憶從眼前不斷消逝。

片中有段話說：「人類總是從自己選擇的人生，望著無法選擇的另一種人生，感到羨慕，感到後悔。」又說：「時間不是從過去流向未來，而是從未來流向現在。至今為止的人生，是過去直到現在，向無限的未來前進，當被告知自己的未來有限後，就會感到未來正向自己逼近。」

另一段話讓人感受更深刻：「請你在未來的人生路上，記住自己的優點。只要有這些優點，你一定可以幸福，也可以為周遭的人帶來幸福。」

活著固然很重要，要緊的是，日子要如何過得好。既然明白消失是常態，就不必回頭眷戀。人不應被早成回憶的過去束縛。誰沒過去？再怎樣崢嶸輝煌的曾經，不都隨風而逝？

請把過去埋葬起來！

卓別林說：「低著頭走路，無法見到彩虹。」如果總是板著一張冷漠臉孔在陌生街道低頭走路，人就鄙陋了三分。

記得，摯愛的貓走失了可以去尋找；笑容弄丟了，就算上Google也找不回來。

**如果這世界貓消失了（原名：世界から猫が消えたなら）**

小說原作：川村元氣。

主演：佐藤健、宮崎葵、濱田岳。

# 即便是貓，也有隱私。

・想得太多，就記不住重要的事，所以要吃苦了。
・人都有想要守護的東西，想守護的東西愈多，心就容易變脆弱。

即便是貓，也有隱私。

透過貓與人之間的溫馨情誼引申的《毛毯貓》，是暖流。

其中一集，描述一位遭公司裁員的中年父親，為了生計，痛下決心賣掉房子，悲喜交織的好戲。

搬家前夕，為實現應允兩個孩子居家養貓的承諾，父親不意中走進一間家具店，跟主角秀亮索取一隻貓。小兒子歡喜的替貓取名喵助，女兒卻因承受不住搬家壓力，一古腦把怨氣往失業三個月的父親身上扔，咒罵他無能，只會變賣房產，私下又將喵助依偎溫暖的毛毯藏到附近神社。

為了一條遍尋不著的毛毯，以及父親急欲在搬家前，為日後留下回憶，懇求家人合影留念的初衷，促使同為男人，對父親的傷懷不忍坐視的兒子，禁不住說道：「我應該不會忘了舊家的記憶，因為我很笨，肯定不會忘了喵助這三天來的生活。聰明的人記東西快，也忘得快，像我這麼笨的人，腦子淨記一些沒用的東西，再也沒地方容納重要的事了。姊姊說，她會把這個家的事全部忘掉，也不會去記馬上要搬進去的公寓的事。我本來學習能力就不好，只會記得住這個家，還有馬上要搬進去的公寓的事，想得太多，就記不住重要的事，所以要吃苦了。不過，就算忘了也沒關係，但我是不會忘記的。」

事後，母親知道喵助的毛毯是被女兒故意丟棄，難過的跟她說：「妳想想看，喵助沒了毛毯會怎麼樣，我很想看看，非常重要的東西不見了，喵助會怎麼做？我覺得牠會苦惱，只會一味的苦惱，什麼都做不了，因此，畏縮蜷伏；這就是貓和人的不同，貓只能苦惱，但人不同，人就算失去重要的東西，也能把它當成回憶，還能找到全新的寶貴東西，不如說，人總是隨意就能找到新的寶貴東西，但，讓只會苦惱的貓繼續苦惱，妳很開心嗎？妳明明是人，卻只能像貓一樣苦惱、消沉，這樣好嗎？」

當然，喵助的毛毯後來還是找了回來。

即便是貓，也有隱私。

人的一生都有想要守護的東西，想守護的東西愈多，心就容易變脆弱，像劇中失業丈夫想守護房子、家庭、孩子跟喵助的回憶，只要其中一項必須割捨，便會讓人覺得失去那樣東西，如同喪失生存下去的意志一樣悲慘。

因為一隻貓，一條毛毯，以及彼此尊重的態度，讓原本面臨崩解的家，得以重新組合；家，隨著多變事故時好時壞，但無論如何都要為愛留下一寸空間。

**毛毯貓（原名：ブランケット・キャッツ）**

小說原作：重松清。

主演：西島秀俊、吉瀨美智子、島崎遙香。

# 珍貴的回憶，會是我們最強大的護身符。

- 憤怒，是人類最愚蠢的情緒。
- 不要不分青紅皂白的否定能夠依賴和信任的家人，才是解決家庭問題的第一步。

改編自作家重松清同名小說的《毛毯貓》，講述在小鎮經營一間家具製作所，兼替人維修舊家具的椎名秀亮，因妻子慘遭交通事故往生，朝夕懸念亡妻的他，每天開門做生意，一邊工作，還得苦惱為妻子生前飼養的七隻貓尋找新主人。

他挑選索貓者的要求非常嚴苛，自訂嚴厲條款，包括三天試養期、吃固定飼料、毛毯不離身；所有作為無非希望見到每隻貓能有安全歸宿。故事的發展，七隻被客人相中的貓去去又來來，讓只求妥善，不求送走就好的男主角備感不珍貴的回憶，會是我們最強大的護身符。

捨。

中年喪偶的秀亮，只有兩樣要守護的東西，就是對亡妻的難捨之愛，以及妻子生前留下七隻貓的眷顧之情。他的歲月僅剩回憶，只能追憶。

如果相信記憶破滅之後就是重生，那麼，對沒有羈絆的家族來說，已然破鏡難圓了，相對於劇情中那個無知逆行的姊姊，當她把所有怨恨都丟到父親身上時，已然形成母親說的：「妳就準備用埋怨、謾罵摧毀一家人原本和諧的感情嗎？」那種不堪的後果。

人在絕望、傷心到了無法控制時，只能透過憤怒來減少悲傷；然而，憤怒是人類最愚蠢的情緒，人的表情是情緒反應的線索。

千萬不要不分青紅皂白的否定能夠依賴和信任的家人，才是解決家庭問題的第一步。

母親要是也跟女兒一樣，用恨意對待丈夫，冷嘲熱諷，任誰都會為難；還好，她包容失業的丈夫，未予責難，理性而冷靜的巧用智慧，重新牽引女兒與父親的親子情誼、兒子對喵助的純真愛心，甚至跟丈夫一起守護用照片為孩子留住回憶的真性情。

珍貴的回憶，是人活下去的支柱，會成為護身符，會成為人的容身之處。

有些人有家，家裡也養貓，就算回到屋子，卻沒家的感覺；就算待在房間，也像是作客來的。原來，家不一定是出生地或故鄉，與珍愛的人出入起居的地方，就是家吧！

有個家很好，有個可以回憶的地方真好，有老爸、老媽、妹妹、還有誰誰誰，他們一直都在，這麼理所當然的事，許多人之前居然沒注意，原來，有個可以遮雨避風的家是多美好的事。母親是唯一的媽媽，父親是唯一的爸爸，他們就是我們的避風港！

**毛毯貓（原名：ブランケット・キャッツ）**

小說原作：重松清。

主演：西島秀俊、吉瀨美智子、島崎遙香。

# 結婚證書，是被詛咒成真的死亡筆記本？

・夢想是個天真的詞，實現夢想是個殘酷的詞。
・就算全世界都在下雨，你的笑容一樣可以是陽光。

動漫《哆啦A夢》的作者藤子・F・不二雄說：「夢想是個天真的詞，實現夢想是個殘酷的詞。」夢想，不就是還沒嘗到實現的鮮滋味，就先遇見蟑螂，有點黯沉，又有些空洞的東西嗎！

確實，憋在心裡，無力行動的夢想終究難以實現。

松隆子主演的《四重奏》，描述偶然相遇的四位懷抱音樂夢卻無法實踐，尚感覺不出人生到達頂峰，便發覺生命力停滯不前的三十幾歲男女，各自擔負曖昧不明的背景，以及懷抱對音樂的神往，組成弦樂四重奏團體，到鄰近住處一家餐館演奏。就這樣，原本不相識的四個人，在雪色冷寂的輕井澤度過一季寒冬。

偶然相遇的組合，四個人的內心隱藏鮮為人知的祕密，誰單戀誰的謊言?誰是已婚者?誰的過去如何?脆弱的彼此，因為對弦樂四重奏演出的共同夢想，藉由不完美的個人，造就了獨一無二的音樂精靈。

當春季來臨，四人決意分離，前往各自想去的地方，延續揮灑音樂夢想的人生。

劇中主角之一，喜歡高談「不可逆理論」的家森諭高說了一段引人感觸的話：「我們是把喜歡的事當作興趣愛好，還是夢想?如果作為興趣愛好會很幸福，但作為夢想就會身陷泥淖。現在正是夢想告終的好時機，把音樂當成喜好的時機主動找上門了。夢想不可能百分之百實現，也不是堅持到底就能實現，可是擁有夢想不會吃虧，肯定不會吃虧。」

友情和夢想如花貌，終有摧頹枯萎時，不必意外，意志力堅定的冒險家有時能讓大家看見夢想實踐後，光鮮亮麗的一面，卻也可能在身上留下不少慘痛陰影，或以淚水絕望告終。

擔負風險的愛情、婚姻不也如此！「結婚證書是被詛咒成真的死亡筆記本」，是嗎？

明白為實現某件事而感到怯懦無能時，不必悲愁的懷抱傷感，苦苦追尋歸屬。

夢想破滅，想哭泣，就由陽光來笑，肯定不會吃虧。即使愛情消失，婚姻破裂，眷愛的親人離去，看似前程渺茫，只要隨其本色，不假言語修飾，那麼，人生巧遇的那些不見太陽的日子，就由歡喜充當光明。

好吧，就算全世界都在下雨，你的笑容一樣可以是陽光。

**四重奏（原名：カルテット）**

劇本：坂元裕二。

主演：松隆子、滿島光、高橋一生、松田龍平。

# 青春是明燦的夏天，別讓它溜走。

・支撐自己的骨骼愈多，也會形成支撐起快要倒下去的人。
・有些煩惱，丟掉了，才有雲淡風輕的機會。

身體很脆弱，特別是遇到重要的人去世、被失敗衝擊，彼時，周遭的東西，不管什麼，都想牢牢抓住，拚命讓自己不倒下去，這時，需要骨骼協助撐起一片天。

支撐肉身的骨骼愈多，也會形成支撐起快要倒下去的人，強壯的力量。

人的身體由骨肉組合，人的品質卻是由個性本質、交友素質、言語氣質、行為特質決定。

不要擔憂成長，不要自尋煩惱，青春是明燦的夏日，別讓它溜走，那個屬於

熱力旺盛的夏季。

我會這樣想，是基於夏天象徵年輕、活力；我們一直沒放棄對美好夏季的印記，真是太好了，經常待在樹下、迴廊、運動場上，流淌大量汗水，便能感受壯碩的力量，而這會讓人很開心。

發生在夏日鎌倉江之島，年輕女甜點師與三個帥兄弟朝夕相處，一段音韻悠揚，情意曖昧的《有喜歡的人》的戀曲，因為一句「我會一直在妳身邊」，而讓長長的夏天成為戀愛季節的江之島，倏忽燦爛起來。

又名《心有所屬》的《有喜歡的人》，每一集渲染的青春色彩亮麗無比，你看、你聽，疲累的靈魂得以鬆綁釋放，是，陽光從未離開，一直輝耀在迷人的他說：「歌曲能推動時代，我想試著寫出前人沒寫過的歌，改變歌謠的常識，要創造出只有我能寫出的時代流行歌。」果不其然，被妻子稱作「是個笨拙的昭和男子」的阿久悠做到了，走在街上，隨處聽得到他寫的歌，被路人哼唱。

數十年間，他為世人留下無數耳熟能詳的動聽歌謠，森昌子的〈老師〉，澤田研二的〈風〉、〈愛你一萬年〉，尾崎紀世彥的〈直到見面那天為止〉，石川小百合的〈津輕海峽・冬景色〉等。

無懼困境的他，總是用微笑對妻子說：「沒問題的，沒問題的。」最終將夢想實現成真。

現代人為了不肯面對失敗而掙扎，為了不知如何與人相處而苦惱，哪怕是一點點，也想改變得比現在更好；那就學習阿久悠掩藏在胸膛那顆堅毅的心，不會因擁有過輝煌成就而受到拘絆。

要是脆弱，找個有智慧的人傾訴，相互碰撞，可能產生新意，只有這個方法才能有效抑制失敗主義擴散。

不強求，不猜疑，順其自然，如果注定，就一定會發生。

現在的我，真心認為，天才也會有失敗的時候，何況這種奇人怪傑不是你我說的算數，不如寄寓平凡之中，瀟灑的樂在成敗之間。

**創造時代的男人（原名：時代をつくった男-阿久悠物語）**

劇本：松田裕子。

主演：龜梨和也、松下奈緒、田中圭。

了；如果生為水母多好，水母沒腦子，所以沒有煩惱或不煩惱的複雜情緒。

人生只有一回合，所以絕不可以有死一次看看的念頭。

一位擔任政要隨扈多年的某物業經理說：「保鏢是無法保護想死的人。」一個人如果執意想死，心中某個地方的念頭必定會盲目向那一邊靠攏，完全不去考慮以後，自己死了，留給親近的人的事不全然是「死」而已，可能更類似於「滅絕」那種無望的焚毀感覺！

取材自司馬遼太郎原作，講述幕末維新志士坂本龍馬短暫三十一年人生，生前事蹟無不精采，浩然沛乎塞蒼冥的大河劇《龍馬傳》，主角龍馬說：「人最後都會死去，正因如此，才要活得有價值。」既然歡喜來到這個世界，就應將生命活到最好，才能無悔的死去。

**龍馬傳（原名；龍馬伝）**

劇本：福田靖。

主演：福山雅治、香川照之、寺島忍、武田鐵矢、大泉洋。

# 命運與悲劇一期一會

- 馬在鬆軟的土地上易失蹄，人在甜言蜜語中易跤跌。
- 塵土也會有成為像陽光一樣珍寶的時候。
- 陽光炙烈的地方一定會出現陰影，別讓黑暗吞噬。

改編自漫畫家村上紀香以幕末為背景的漫畫，《仁醫》講述腦外科醫生南方仁，穿越時空去到幕府時代，運用現代醫療技術拯救江戶人民，並和改變日本歷史的幕末英雄坂本龍馬、勝海舟等進行交流的科幻劇。

劇中有段話說：「我們總以為一切是理所當然，以為想去就能去到地球的另一邊，以為對方了解自己的心意，以為可以每天平凡又充裕的生活，以為夜晚的深黑可以被遺忘。但是，如果，突然有一天，這一切都不見了，鳥兒般的自由，令人滿足的生活，明亮璀璨的夜空，這一切都消失；如果獨自一人，被扔進漫無邊際的黑夜，你能在那裡尋找到光明，且將光明抓住嗎？或者，能否用你的雙手，將光明送入已經一片黑暗的世界？」

所謂英雄無敵，不是說必須擁有絕不輸給對手的強大力量，才能成就輝煌；也不是締造野心，與人為敵。無謂的糾纏沒有意思，勇於面對困境、失敗，人才可能真正起死回生。就像劇中不為過去拘泥，始終走在時代尖端的坂本龍馬對西鄉隆盛說：「時間在推移，社會形勢天天在變化。因此，順應時代潮流才是王道！」

雨後總會放晴，黑夜必有了結，寒冬終將遠離，萬事萬物都會走向終點，人生也是如此。

活著的時候，生命要像被風吹斷的小樹枝長出嫩芽，重新改寫記憶，不要留下傷痕。

上天只會給勇於克服困難的人，一場又一場的考驗；缺乏纖細思維的人，會對纖細過敏，不足以接受考驗。馬在鬆軟的土地上易失蹄，人在甜言蜜語中易跤跌。有些人總是比你我想像的敏感還要敏銳，過度敏感容易造成多餘的困惑。

作家太宰治說：「膽小鬼連幸福都會害怕，碰到棉花也會受傷，有時還會被幸福折傷。」所以說，透過做任何事，才能成為任何人！跌倒了，失敗了，要自己爬起來，然後緊緊握住不起眼的塵土什麼的，直挺挺站起來。塵土也會有成為像陽光一樣珍寶的時候。

記住，陽光炙烈的地方一定會出現陰影，別讓黑暗吞噬。

**仁醫（原名：JIN－仁－）**

漫畫原作：村上紀香。

主演：大澤隆夫、中谷美紀、綾瀨遙、內野聖陽。

# 被風絕情吹落滿地的往事

・過去無始，未來無終。
・驕奢者如一場春夢，不會長久；強梁者如一陣清塵，過眼雲煙。

每逢春季才會被人想起的櫻花樹，到底以怎樣的心情，兀自站在那裡？

日本民間傳說，每一株櫻花樹都住著一位仙子。櫻花盛開一瞬，美麗一時，只在短暫時間被人們瘋狂迷戀、追捧的花蕊，趁便寂寂春光，來探望賞花人日子過得好不好。

一旦盛開期盡，花瓣落地，僅留新枝綠葉，一年一度熱熱鬧鬧的櫻花饗宴，很快被人遺忘。

一年只要有一次被人們想起來就夠了！現在飄落的花瓣，一定不知道一年後的此刻還能孕育新蕊，茂密綻放；明年盛開的花朵，一定記不起花開絢爛後，被風絕情吹落滿地的往事。

年年春櫻繁茂，漫漫花樣遍野，使人想起《平家物語》，讀到：「櫻花呀，不要怨嘆賀茂河上的風吧，它無法阻止花的凋落。」不禁感嘆山上、河畔櫻花茂，花與當年同樣盛，一切如來，萬般重生後，不悔短暫、不眷燦爛的飄瀟之姿！

過去無始，未來無終。人的存在不盡然是為了給誰見到，花的存在的確為了讓人看見。

改編自戰紀文學《平家物語》的大河劇《平清盛》，講述平安時代末期「平家」和「源氏」兩大武士集團，興衰起落的滅絕爭戰。卷首語：「驕奢者如一場春夢，不會長久；強梁者如一陣清塵，過眼雲煙。」寓意世間萬物終將變異，盛者必衰的慨嘆。

劇情著墨不少出身名門貴族，與平清盛同為「北面武士」集團的菁英，一一一八年出生京都的佐藤義清，因精通武藝、和歌，被鳥羽上皇任命為左衛門尉。後因袍澤故舊憲康猝逝，感慨人世蕭瑟，一一四〇年，決意免官不武、拋妻棄子，獨自前往京都嵯峨雙林寺出家，戒名西行，號圓位。他說，武家的風雅，在和歌，在音樂，在櫻花。

西行畢生癡情櫻花，並稱「櫻花詩人」、「櫻花武士」。名句：「我願在春天的櫻花下死去，以此望月。」是去世前所作；「希望在我死後，弔唁我的人以櫻花供奉。」是刻在墓碑的辭世言。

大和歌人鮮少如西行者對櫻花投入癡狂熱情，一生吟詠櫻花的和歌二百三十首。「癡心盼花花亦知，惟恐心亂花亦殘」，急盼櫻綻開；「恨無仙人分身術，一日看盡萬山花」，戀櫻一片癡；「春風無情吹花落，醒來猶自黯神傷」，惋惜櫻凋謝；「今宵惜花花亦殘，落英埋身樹下眠」，怎忍櫻飄零。

具有魅惑與滅絕警悟的櫻花，是人們對春來的寄望，卻是西行法師對生命意象的託付！

●……………………

**平清盛（原名：平清盛）**

小說原作：平家物語。

主演：松山研一、玉木宏、藤木直人。

# 可惜啊，我沒能送他一輪明月。

・花也好，人也好，都是一生僅一回的緣分。
・人生是一場冒險，哪裡拐錯一個彎，就是另一段人生了。

不忍櫻花凋零，何須珠淚如流星滑落？

以鎌倉古都為舞臺的《椿文具店——鎌倉代筆人物語》，講述女主角雨宮鳩子繼承祖母的「椿文具店」，並接受委託替人書寫各類書信的心靈故事。

全劇最大特色在於因應不同事件，使用各具特色的鋼筆、書法，代筆寫信。

劇終，一場櫻樹下飲酒的「提杯酒吟詩」最能展現日本人賞櫻的幽玄光景。主角男爵作家適時吟咏了一首《古今和歌集》戀櫻詩：

年復歲，百花爭豔春光媚，明年和春往否，惟有天能道。
此心終夜暗，迷惑不知情，是夢還非夢，人間有定評。

日本民間認為每年櫻花盛開時，能與珍愛的人共度春光，是活著的感動。花也好，人也好，都是一生僅一回的緣分，再也不會有這麼優雅的時辰了，所以要從心底享受櫻花祭的美好時光。來吧，盡情跳舞吧！瘋狂吧！盡興飲酒吧！讓此刻的身體陶醉在活著的喜悅中！

「櫻花樹下，沒有陌路人。」人生是一場冒險，哪裡拐錯一個彎，就是另一段人生了。

猶如江戶時代雲遊僧人良寬禪師的俳句：「枝頭，空中，終須落，皆櫻花。」啊！賞花真是太過浪漫的幸福，不知道為什麼還是覺得有點傷感。

說的是，不管叫什麼名的櫻花，盛開枝頭，飄舞空中，明知總有一天凋零，依然綻放燦爛，使人憐愛。

生性率真、癡愚，有時又大智若愚，是漢和雙語創作天才的良寬，一天夜晚，遇上小賊光顧草庵，良寬身無長物，笨賊當然什麼也找不到、拿不著，空手正要離去，不巧碰到主人，禪師明知小賊用心，但見會是白忙一場，便把身上袈裟脫下給他禦寒，小賊慌亂抓起袈裟掉頭而去，良寬目送他遠離，說道：「可惜啊，我沒能送他一輪明月。」

第二天晨起，良寬走出戶外，看袈裟摺疊齊整放置門口，顯示小賊秉性並非乖張、怪譎，好似受明月啟示，仍有光亮一面。

**椿文具店—鎌倉代筆人物語（原名：ツバキ文具店～鎌倉代書屋物語。椿，山茶花）**
劇本：渡部亮平、筒井康隆。
主演：多部未華子、高橋克典。

# 請和我一起在櫻花樹下約會

・傾聽心的聲音，適然向上。
・戲到最後才好看。

春季盛開的櫻花美景，世人都愛；凋零的淒冷花瓣，幾人憐惜？

櫻花運命如此，短暫十天不到的綻放期，猶能自在怒放、瀟灑紛飛，人啊，卻還在為莫可如何的雜事一籌莫展，為無能解決困窘的情緒發愁。傻子，時間要花在快樂生活，否則浪費。

總是天命，那就相信天。如果不想面對厄運，就換由天地替你撐腰！如果情感變脆弱，那就呼喚心來撫慰堅強。

每個人都可能遇上不見天光的日子，不需驚慌、不必憂心，讓櫻花叢積聚的光采照耀你的眼、你的心，再細細傾聽花心寧謐的聲音，適然向上。一切都會好起來。

以櫻花祭為背景的《再一次向你求婚》，講述一對恩愛夫妻，某天，妻子的蜘蛛膜下腔出血，手術後，記憶逐漸喪失，夫妻的婚姻生活黯然畫下休止符，每到夜晚，難耐孤獨的兩人都明白，已然無法回到過去了。

在汽車工廠擔任修理師的丈夫始終不離不棄，發願就算花一輩子時間也要用愛感動妻子，再次向她求婚。

幾經波折，到了結局，兩人互約重回當年相遇的櫻樹，緬懷過往，丈夫對妻子說：「下一次，請和我一起在櫻花樹下約會吧！」

好想哭唷！

淚水淌下，就像滑落臉頰的星星；淚流得利落是美事，哭得不成樣就惹人嫌。

櫻樹下，被愛的人有條件活出美好價值，長得那麼清爽的人，沒必要當悲劇主角，成為無藥可救的人生瑕疵品。

嗯，戲到最後才好看，好吧，等你不哭的日子，相約到捷運中山站巷弄午茶店，喝杯午后加點糖的拿鐵，再到中山北路探望路邊那幾株櫻樹，花開得如何？

**再一次向你求婚（原名：もう一度君に、プロポーズ）**

劇本：山上千春、武井彩。

主演：竹野內豐、和久井映見。

# 再也不哭泣，再也不認輸。

- 人浮於世，不是強者勝，而是勝者強。
- 不是某人改變了你，某人只是你改變自己的藉口。

《世紀末之詩》有句話：「愛是不會消逝的，會消失的話，根本是從一開始就沒有。」同樣，人也會在重要時刻，錯失重要的東西，無端讓它消失。

也許你曾錯過某些人、某些事，也曾失敗、痛苦過，這就足夠，別問眼裡的淚水為了什麼而潰決？拭去淚水吧！你會跌倒不能責怪父母給你骨頭，那是因為你還學不會走路。

由倉本聰編劇，一部如詩如畫、景色好比小品美學的《溫柔時光》，講述正值叛逆的主角湧井拓郎，衝動開車導致車禍，坐在前座的母親不幸身故，父親悲痛不已，無法原諒加入飆車族的兒子的所作所為，堅決隻身前往妻子的故鄉北海道富良野開設「森之鐘」咖啡屋。

荒唐輕狂的兒子隱藏難堪，對母親的死無比自責，對父親懷抱愧疚，痛下決心振作，卻得不到父親諒解，後來在母親生前好友朋子協助下，悄悄進入美瑛一間陶藝坊當學徒，就近凝望父親……

主題曲說出父子的心聲：「再也不哭泣，再也不認輸；越過回憶，因為會有明天。」

這間可以聽到風掠過的聲音，鳥獸腳步聲的咖啡屋，父親同樣聽見了自己內

心的聲音。他說：「森之鐘緩緩刻下時光，人的時鐘卻持續加速。」而這逐漸緩慢下來的心理時光，正緩緩弭平他和兒子之間的嫌隙。

不是某人改變了誰，某人只是對方改變自己的藉口。

生命沒多餘時間讓人一再猶豫不決，凡事總要每天進步，為了讓自己擁有變得快樂而不歉疚，謙卑而不渺小的魔法，常在心裡默念：「閃閃發光。」要像劇中父子，從相互牽絆的掙扎中逐步釋懷，讓心裡的黑暗面不斷增加星星，美麗的星空從此擴大，不斷發光。

導演小津安二郎如是說：「優厚薪水可以放棄，稱心工作可以再找，親情卻不可擱置，因為那是永遠的避風港。」

**溫柔時光（原名：優しい時間）**
劇本：倉本聰。
主演：寺尾聰、二宮和也。

# 我的舌頭變成一座港灣

・讓餓到地底的我回歸海平面。
・海潮的香味向我直撲而來。

久違了，京都，如果有機會行過鴨川，別忘了順路到四条大橋幫我看看那群鴨鴨，現在過得好不好。

這是到京都旅遊，每一次隨心所欲的期待，期待在橋上遇見熟人，遇見抹茶紅豆冰店開店，還有，遇見從花見小路那邊悠游過來的鴨鴨。

唷，我就是喜歡在古都自由自在，不虧待自己，毫無牽絆的享受美食。

改編自漫畫家久住昌之原作的《美食不孤單》片頭說道：「不被時間跟社會所束縛，幸福的填飽肚子的那一瞬間，他隨心所欲，重獲自由，不被他人干擾，無需顧忌的大快朵頤，這種孤高行為，正是現代人被平等的賦與最高程度的療癒！」

扮演井之頭五郎的主角松重豐，在鏡頭前讚揚美食，看他一副豪邁的得意吃相，真想一掌巴下去，幾片菜葉、幾塊肉，真有好吃到這麼使人感動嗎？

「用自己喜歡的杯子，可以多喝好幾杯。大口吃大口扒飯的爽快，吃在當下，夫復何求！」

「早餐要吃飽是勞動之本，血液在身體中循環，燃起了鬥志。」

「讓餓到地底的我回歸海平面。」

「蔬菜也很熱鬧，嗚哇！我淪陷了。美味難擋。」

「杏鮑菇、蕪菁都很好吃，咖哩湯也很棒，這湯並非用辣之力領導蔬菜們服從，而是暗中引出蔬菜的實力，正如明君和良民，再加上雞肉這一明星熠熠閃光，真是一座完美的王國啊！」

「戰歌起，我現在吃的料理正如一場命中注定的邂逅。」

「『真心』這個詞，應該是為魚雜湯而存在。」

「海潮的香味向我直撲而來。」

美味難擋，井之頭五郎說：「我的舌頭好像變成一座港灣。」啊！邂逅美食，無比幸福！

**美食不孤單（原名：孤独のグルメ）**

漫畫原作：久住昌之。

主演：松重豐。

# 時機對了，凡事都有可能。

・機會這東西很抽象、很現實，它就迷藏在盼不到的機運中。
・時機不是靠想像便能獲取，想像力超過一定範圍就成了笨蛋。

人生究竟有多長、多短，實在無法用時間算計。每一年都有「過年」，都要「過生日」，吃相同菜色的年夜飯、發紅包、拿紅包、說吉祥話、到寺院祭祀神明，你說煩不煩？然後，過了幾天歡歡喜喜的節慶，剩餘三百多個不知會發生什麼事的日子還是得過。

過年、生日，人人祈願美夢成真、良機善緣庇祐，這是常態。想來，人要抓住好機緣的方法很多，看似時機就在眼前，卻常撲空。機會這東西很抽象、很現實，它就迷藏在盼不到的機運中。

人一生的際遇捉摸不定，真正的機緣應該就隱伏在祈願那個時辰了，唯有發願當下，人才會對自己的內心說實話。

機會便是存在的證明，只要掌握好機運就擁有無限可能。

改編自同名漫畫的《深夜食堂》，描繪僅在深夜時刻營業的食堂，店家與食客之間的情誼交流，劇中東家說：「人生最重要的是時機，時機對了，凡事都有可能。」就是，看準對的時機，放手一搏，總有一天，原來沒料想抓住的東西，悄然轉身，疾速出現眼前。

時機不是靠想像便能獲取，想像力超過一定範圍就成了笨蛋。

等待機運到來的同時，別忘了，許多過往的夢想會慢慢消失。因此，在新日子來臨前，學習把際遇當禮物看待，用期待撞見新奇的心情打開，不論禮盒的內容是什麼，重要的是，每個日子都是上天送給人最好的禮物。

不論身在何方？歡笑了沒？流過多少淚？我們都必須坦然面對，聽任自然的跟隨世事變化，面對麻煩，以及無情煩惱的每一天！之後，選個時機，跟家人、喜歡的人待個下午，喝杯阿薩姆二摘茶，跟《深夜食堂》的店東一樣，興味盎然傾聽對方講述落落長的陳年軼事，那就說明你已成熟不少了。

**深夜食堂（原名：深夜食堂）**

漫畫原作：安倍夜郎。

主演：小林薰。

# 我們糟蹋了你的人生

- 把理想掛在嘴邊，永遠實現不了。
- 預先否定高難度的理想，願望當然不好實踐。

世上有三樣東西是別人搶不走的：一是吃進胃腸的食物，二是寄存大腦的智慧，三是隱藏心裡的理想。

理想、智慧和食物猶如鏡花水月，終歸要腳踏實地發揮才能實現，即便實事求是，有時難免會遭遇困難。實踐理想並不特別，可以是盤算做出美味的食物和家人一起品嘗，或走一趟環島旅行，像這樣，把每天發生的，令人欣慰的事匯聚起來，便能成為更宏大的理想。

把理想、願望掛在嘴邊，身體不去行動，就永遠實現不了。

過去，你為實踐理想，不知耗費多少金錢、歲月，仍一無所獲，縱然守株待免直到最後，也不知能否實現。但，即便害怕、有人反對，你都不應懶惰、隨意放棄，這才是勇氣。

現實世界不一定是能讓人實現理想的地方，有時還可能會適得其反，而成為讓人不去注意自己的理想並未實現的地方，然而，再怎麼現實的世界，一定有一個或一個以上只有你才會擁有的願望，一定也有一個或一個以上只有你才能實踐的理想，為什麼不去嘗試看看？

由松本潤、香川照之主演的《99.9不可能的翻案》，講述擁有敏銳觀察、智勇兼具的能耐，就算接受的案件已達百分之九十九·九司法判決有罪，只要察覺案情稍有蹊蹺、一點疑惑，絕不任意放棄，竭力以機智、模擬和行動，找出僅剩百分之〇·一真相的律師深山大翔的查案能力。

「從一開始，事實只有一個。」他的查案態度，就是要「找出剩下百分之〇·一中的事實」，這是不易獲致的高理想任務，他卻浸漬其中，樂此不疲。

劇中，深山大翔對審判長提出一段誤判將造成嫌疑犯難以彌補的不幸後果，十分精采的質疑：「對司法的信任是什麼？你覺得司法是為誰存在的？你為了自己的正義，對錯誤的判決一直視而不見，但如果是你重要的人，因誤判被迫頂罪，你還能作出同樣決定嗎？法官、檢察官、律師，這三者原本的關係受到破壞時，被告即陷入不公平的境地。所以，為了保護被告免除這種不公平對待，我們律師就站在法庭，追尋唯一的真相，今後我也將繼續站在你們面前。而你是為什麼站在法庭上的呢？」這一番話說到審判長啞口無言，心中ＯＳ跑出一句：「真是有骨氣的傢伙！」

機智告訴他，也告訴觀眾，案情的關鍵恆常隱藏在人的惰性、疏忽和不夠細心裡面。如果不能審慎的在百分之〇．一最後機會中找到細節，真相將被煙塵沉埋，永無水落石出的時候，嫌疑犯的人生就被糟蹋了。

對，他能做的，就是用實踐的毅力尋找被隱蔽在某個細節，百分之〇．一的可能，最後，願望極可能百分之百的被實現、被完成。

**99.9不可能的翻案（原名：99.9刑事專門弁護士）**

劇本：宇田學。

主演：松本潤、香川照之。

# 把聊得來的人當成智慧財產

- 看不到星星啊！沒關係，那裡還有月亮。
- 縱然悲從中起，也要哭到笑出淚來。

千萬別在遭逢不順遂時，躲避面對、畏懼反應，動輒找人發牢騷、訴苦。就算超級暴風雨也會有平息的時候，好比人生，沒有不會停歇的雨，對吧！心的抉擇永遠超前身體的行動。

人類，包括你和我，都是擔負各樣問題、經歷種種挫折才走到現在，猝然發覺著實不易。

長成大人，對過去如咖哩的辣、梅子的酸、咖啡的苦的生活，難道都不介意了嗎？當然不必介意，成就非凡的人也會有覺得辣、酸、苦的時候，只因習慣和理解其中的奧妙。

打扮一派紳士，偏好英式紅茶、閱讀、西洋棋、古典樂及日本相聲的主角杉下右京警部，和搭檔冠城亘巡查部長二人組成的警視廳特命組，解決無數棘手案件的《相棒》，反映日本現實社會和體制問題，對白幽默，充滿人生哲理，主角警部說：「這個社會存在許多不公平，就如你這次經歷的一樣，可能會讓人心生懷疑，覺得這個社會是不是根本沒什麼正義！因為正義本來就是人想出來的東西，跟一株脆弱不堪的人造植物一樣，要是沒人對它抱以希冀，好好栽培，過不了多久，就會枯萎，被黑暗吞噬。沒有力量的人終究會被擊垮，我希望你能成為一個心存正義與公正，並努力去實現它的人。」

遇到不好處理的案件，警部會勉勵冠城亘說：「看不到星星啊！沒關係，那裡還有月亮。」

查案和人生一樣複雜，原來都會面臨繁難，也都有壓力必須承受，因此，不要天真到以為別人身上都掛了只大布袋，專供填充你的拉雜苦水，別以為把苦水往他人身上傾倒，就算吐氣了事。不論遇到怎樣的難題，最好用心面對，縱然悲從中起，也要哭到笑出淚來，再用纖細溫暖的手擦拭；當摸不著淚痕時，就感覺不到那些痛苦有多麼了不得。

不必因為害怕寂寞而急著打開電燈，或刻意找個人作伴，要有逃脫孤立無援的能耐；想吐苦水，最可靠的方法就是立即離開房子，到屋外與陽光作伴吹風。

蛻變人生，不盡然是拚命努力就能得到啟示，可能是一杯咖啡、一句話、超越想像的美食、從未見過的風景，以及偶遇的貴人，或許正是這些微不足道的事改變了人生。

事實是，出生之後，人便孑然一身活在地表上一個知名或不起眼的市鎮，別無他處可去，宛如戲劇一般，總覺得身影鎮日浮在半空，踏不著地面，這讓祈願不斷往前進的人頗為苦惱，仍覺孤立無援的生活如夢一般，一直在心中迴響；某些時候，又必須依靠跟別人閒談無聊至極的傷感瑣事而撐下生活，然後假裝告訴自己，把日常遇到的、聊得來的人當成智慧財產吧！

**相棒（原名：相棒・警視庁ふたりだけの特命係。相棒，夥伴之意）**

劇本：輿水泰弘。

主演：水谷豐、反町隆史、鈴木杏樹。

# 走了的人，再也回不來了！

- 哭過之後，要喝水。
- 流過淚的眼睛才清明，受過傷的心才堅強。

改編自太田紫織原作小說，緯來電視臺取名《大小姐的骨推理》的《櫻子小姐的腳底下埋著屍體》，描述擁有常人難以理解，嗜好研究、收藏動物骨骼的名門貴族千金，表面是脫俗美人，實際是個熱愛骨頭、標本的大小姐九条櫻子，與男主角館脇正太郎，一個即將從大學畢業，先行在「自然之森博物館」實習的打工職員，兩人經常外出撿拾動物骸骨，偶爾會突如其來的遇上離奇死亡案件，尤其是發現人體白骨時。

當眾人大表驚訝，櫻子會擺出「這骨骼很出色」的滿足表情，以及對骨頭及醫學知識，進行我行我素的解剖分析，一心只想如何破解屍骨背後存在的謎團！

而謎團、真相、事實，就在人心裡面，引發全劇蘊含看透人性的濃烈無奈。

某日，櫻子對一名女子於祖母驟然失蹤，一年後才找到遺骸而難過時，鼓勵她，哭泣吧，用淚水洗去悲傷，她說：「眼淚啊，是從血液中去掉血漿成分的液體，以水分作為眼淚流出來，血漿成分留在體內，血液會暫時變稠，所以哭過之後，要喝水，可以的話，鹽分也要補充。」

流過淚的眼睛才清明，受過傷的心才堅強。

擁有敏銳洞察力的櫻子，喜歡以率性的說話方式訓勉受難者親屬：「後悔是無意義的，不管怎麼後悔，走了的人，再也回不來，忘了吧！」

忘掉是最好的方式？或許有些事愈想忘掉愈會在回憶中不斷膨脹，所以更加無法擺脫痛苦。

那就哭泣吧！掉淚吧！魚說：「你看不見我的淚水，因為我在水中。」水說：「我可以感覺得到你的淚水，因為你在我心中。」

**大小姐的骨推理（原名：櫻子さんの足下には死体が埋まっている）**

小說原作：太田紫織。

主演：觀月亞里沙、藤谷太輔、上川隆也、高島政宏。

# 煉獄人間不會只有你一人辛苦活著

- 人只要笑得出來，就會沒事。
- 「但是」二字是沒自信、找藉口的託辭。

每個人都曾徜徉過曼妙少憂的年輕歲月，也都明白青春無敵，擁有好本領、好身手，功均天地的人，便是當之無愧的強者。為了比現在更優越，有成就，強者當以堅毅不拔的實力屹立人群，不必像弱者遇上一點難題，就只會哭喪著臉，好似世界末日了一樣，躲進小小的器皿中唉聲嘆氣。

無論你在哪裡就業？跟誰戀愛？雖然吃了不少苦，流了不少淚，若有人陪伴加油打氣，的確無比幸運，多麼幸福的事。

如果覺得一個人沒安全感，許多事必須審慎面對，那就隨環境變遷一起變動！別總是把「但是」掛在嘴邊，「但是」二字是沒自信、找藉口的託辭！真正的強者不屑文過飾非。

改編自榮獲日本作家協會獎的小說家今野敏原作的《ST破案天團》，敘述生性孤僻，患有社交恐懼症，凡事獨來獨往的搜查官，人稱「繭居族」的赤城左門。年紀輕，高考出身，生性潔癖，辦事效率沒自信，常被嘲弄，卻樂於學習，勇於承擔負責的警部，人稱「草莓族」的百合根友久。以及擁有犯罪心理學、物理學、化學等身懷絕技，行為古怪，特搜能力異乎常人的一群搭檔，集結在ST警視廳科學特搜班，以智慧辦案，屢屢奏效的推理劇。

藤原龍也在劇中扮演「不擅長講話，一匹孤獨的狼」的赤城左門，是個邏輯思考縝密，具備專業法醫素養的冷靜型警探，可當一對一面對生人，「幽閉恐懼症」便會發作，捧心喊痛的宅男。多次辦案，不得不與人接觸，最終應驗百合根友久所言：「人只要笑得出來，就會沒事。」

「幽閉恐懼症」！不要緊，你可以的，不會有事，一定沒問題，相信自己一定可以走出來，強者就是要讓體內沉睡了不知幾年、幾十年，執著一絲不苟的處女座復活。

人是在碰觸眾多抉擇，用心跨越得失，才成為大人；長大後，必能體會獲得某樣東西的喜悅，擁有完成某些事的稱心快意，儘管獲得的微不足道，卻心滿意足的話，就應為自己喝采，表揚那個在過去做出重大決定的自己，告訴他：「你很勇敢，做得很漂亮。」

還有，要繼續做關於未來的夢，不用怨氣，幸虧世上還有陳明章作曲、黃妃演唱的〈追追追〉，讓我們懂得去認識世界，理解生命，追求理想，相信煉獄人間不會只有你一人辛苦活著。

**ST破案天團（原名：ST 警視庁科学特捜班）**

小說原作：今野敏。

演員：藤原龍也、岡田將生。

# 過去和未來不能混為一談

・人啊，不僅要有守護自己的人，還要有需要自己的人，才能活下去。
・現在不做，怎麼都不能開始。

星星之間看似短程的距離，實則間隔無數光年；當人類張大眼睛仰望星空，明明能看得很遠，也能裝得下遼闊畛域，偏偏心眼間不容髮，坦納不了使人看了生厭的人、嫌惡的事，容或希望這些醜陋的參差弄影，從眼底快快竄逃無蹤。

你我活到現在，不時會遇見形形色色的人，多餘的閒人、怪誕不經的人，這些奇形異狀者，不都是要人看清楚、弄明白何為善惡？是非？成長中，人能獲取的生命經驗，無論多寡，都將成為這一生最光耀的勛章。

由小栗旬、西島秀俊主演，講述五位探員，在上級指派的高難度任務中，以果敢智慧辦案的《Crisis危機英雄》，特立獨行的主角強調：「在高度的專業領域，巧合是不存在的。」、「平等是萬善根源，不平等是萬惡根源。」；履行完艱鉅的危險任務，彷彿重生，小栗旬會說：「第二天一覺醒來，這個國家可能不復存在，親友突然不見。所以，珍視當下，和眼前人安度每一天。」

想一想，今生的你為何而來？目的何在？苦海人生的座右銘既是別苦惱、別猶豫、別停下腳步，不就是要人凡事不可隨波逐流，不必隨風起舞嗎？

也許，過去的你並非那麼溫文、堅毅，既軟弱又卑劣，是個差勁的人，但過去和未來不能混為一談，你總不希望自己的未來全交由別人決定吧！

《道德經》有句話：「千里之行始於足下。」凡人擁有高度智慧是不存在的偶然，現在不做，怎麼都不能開始，想一個人出門旅行，就去，無需被雜事干擾。

人啊，不僅要有守護自己的人，還要有需要自己的人，才能活下去。

所以，成長過程或然有什麼想法生變，大概就是，不再相信人，因為人善變、貪婪……。榮枯人世真是未知數，被傖夫俗人認為不可能發生的事，都可能發生。

命懸一線的人性爭戰，《Crisis危機英雄》讓觀眾意識到，集思後再行動，絕對不會輸，若是急著走，就一個人走；如果想要走得遠、走得穩，就大家一起走。

**Crisis危機英雄（原名：Crisis 公安機動搜查隊特搜班）**

劇本：金城一紀。

主演：小栗旬、西島秀俊。

# 「有」「沒有」豈止一字之差

・要證明「沒有」比證明「有」還要困難。
・怯弱好比一張紙，捻彈即破。
・騙局總是藏在你熟悉而不易見到的地方。

講述一名新任職的菜鳥員警和律師，為了替一位遭人誣陷成「色狼」的藥廠業務員申冤，賭上百分之〇・一的無罪論，執意挑戰國家律法的《白日之鴉》（暫譯），描繪仍保有良知的員警、脾氣古怪的落魄律師、無辜的藥廠業務員，一起彰顯「有」、「沒有」豈止一字之差，所構成的伸張公理的故事。

「要證明世上有白色烏鴉，只要抓到一隻白色烏鴉就行。但要證明世上沒有白色烏鴉，就要找遍世界各角落，而且不一定有結果。」

這是怎樣的反證邏輯？要證明「沒有」比證明「有」還要困難。也就是說，要證明完全沒有的事十分艱難，而《白日之鴉》正是企圖諷刺：「要做難以確認、沒有辦法直接明示的證明，是件困難的事。」這種論調的戲劇。

多少年了，人們始終不易辨識明或暗、有或無、白或黑，只敢盲目說ＹＥＳ，畏懼說出ＮＯ而張皇失措的生活。你真以為光憑正義、公理就能紓困解除這種難題？推理小說家松本清張說：「約定俗成的事物最具迷惑性，騙局總是藏在你熟悉而不易見到的地方。」

中古世紀的歐洲，流傳有人把靈魂出賣給惡魔，事後反悔，又妄想找惡魔要回被賣出的靈魂。惡魔反過來要這些人證明這靈魂是屬於他自己的。但，靈魂是不可捉摸、難以辨認的東西，要確鑿證明比登天還難，最終這些人只能屈服在惡魔掌下。

這種刁鑽的難題，不就是要人證明「沒有」比「有」困難許多的辯證嗎？當然，《白日之鴉》最後是由員警和律師，使出渾身解數，終於找到「沒有」的證明，藥廠業務員才得以洗清冤屈。

人情世界太複雜，人心險惡難辨，遭人誣陷，有口難言，強烈的人言可畏的風潮太強，不免情脆似玻璃，感到無比怯弱，這時，將會是生命靠在距離孤獨最近的地方。

怯弱無助好比一張紙，捻彈即破，是比黑夜更深的傷，比噩夢更長的恐懼；想想，對世事一無所知，有時反而自在。

不如在作噩夢的孤獨夜裡，試著當個能寫詩的獨行俠吧！詩，用聲音朗讀出來就不寂寞了；若是寂寞，用手指向天空，天就會湛藍了。

**白日之鴉（暫譯，原名：白日の鴉）**
劇本：吉本昌弘。
主演：伊藤淳史、遠藤憲一、福田沙紀、寺尾聰。

# 別讓沉寂的靈魂盤據同個地方太久

・百無聊賴的時刻讀書，讀不出趣味，也可惜了閱讀時光。
・旅行的經驗積累愈多，回憶就愈有趣。

人在發楞當下，心無所思，覺得單調，壓根無所事事，突然感到悶慌，千萬別隨意拿本書來讀；百無聊賴的時刻讀書，讀不出趣味，也可惜了閱讀時光。那就出去走走！松尾芭蕉說：「旅行又旅行，秋風盡在旅途中。」別讓沉寂的靈魂盤據同個地方太久，家人同行，戀人、朋友都行，只要身邊有意氣相投的人一起，旅行會變得更帶勁。

人生就是要愛上旅行，旅行中將會遇上平時不易見到的奇人異事；看花看樹看山看海都好，還可能撞見意想不到的風景。旅行的經驗積累愈多，回憶就愈有趣。

有時，登上山坡，感受遠方吹來的風，看夕陽離去的背影，喃喃青春鳥不死，直到發呆。

若有人問起到過哪裡，就說去了北方，到日本海對著大海呼喚海鷗，並把藏在心裡許久，不愉快的髒話飆出口。

旅行，反覆邂逅與分離，讓人變得更有勇氣。

我就是喜歡帶著探究心情去旅行的人，數十年來，藉由行旅走進寂寥小鎮探尋寧靜、覓景聽風、療癒困惑、解放煩憂、平撫情緒，旅行中所獲得的歡喜顯然比日常心情寬闊。

某年旅遊日本，回到住宿，無意間看了部第六度改編自作家森村誠一同名小說的《人性的證明》，描述男主角棟居弘一郎的父親當年為拯救一名被美國海軍士兵騷擾的少女，反遭毆打，圍觀人群和警察無人出手相助，以致慘死。長大後，身為孤兒的棟居已是一名刑警，辦案本領高強，卻因童年不易揮去的慘痛陰影，經常出現難以操控的暴力行為。

劇情沉重，煞是好看，開頭有段情節，描述一名混血黑人約翰，在皇家飯店電梯內暴斃，查證他臨死前，曾在計程車裡用英語講了兩句：「麥稈草帽，麥稈草帽。」一染血的外套暗袋放了本破舊的《西條八十詩集》，使辦案人員茫無頭緒，不知混血青年怎會離奇死在電梯？不久，警方終於在清水谷公園的草叢，發現血跡和一頂淌了兩滴鮮血的麥稈草帽，判定那裡即是案發第一現場。

後來，警方查出約翰遺留的草帽和《西條八十詩集》，是從紐約入境帶進來的。

為什麼約翰會出現在日本？為什麼女主角八杉恭子要連夜駕車奔馳到群馬縣霧積的山巒，用盡氣力把草帽拋擲山谷，縱身跳下山崖，跟隨草帽飄落……

這時，出生明治時期，著名童謠詩人西條八十的詩作〈麥稈帽子〉，一行一行出現螢幕，禁不住歡喜誘惑，順手抄了下來：

媽媽，您可曾記得我那頂帽子？
對，就是夏日裡的那頂草帽
在從碓冰去霧積的路上
隨風飄進路邊的山谷

媽媽，那是我喜歡的草帽
一陣清風把它吹走
您可知我有多麼難過
媽媽，那時對面來了位年輕的採藥人
打著玄青的綁腿和護手套
他不辭辛勞幫我去找
無奈谷深草長
他也無法拿到

媽媽，您是否真的記得那頂草帽？
那路邊盛開的野百合
想必早已枯萎
當秋天的灰霧把山崗籠罩
草帽下也許每晚都有蟋蟀在歌唱

媽媽，我想今晚肯定會像這裡一樣
那條幽谷也是飛雪飄搖
我那頂閃亮的義大利草帽
和我寫在背面的名字Y.S
將要靜靜的、淒涼的被積雪沉埋

**人性的證明（原名：人間の証明）（二〇一七年版本）**

小說原作：森村誠一。
主演：藤原龍也、鈴木京香、緒形直人。

# 人心是最自由的地方

・處理煩惱，最好的方法便是絕情的拋棄它。
・人心枯槁比起戰火更易焚身，讓人生走樣。

人在傷心時多半會選擇逃避，就算被女人罵：「像你這種無能的失敗者，怎麼可以活著。」為了避免家庭失和，又無法回嘴，男人也只能選擇避開，逃到一個沒惱人噪音的地方。

處理煩惱，最好的方法便是挖空它、閉鎖它、忘掉它、絕情的拋棄它。

推理小說作家松本清張說：「人就是這樣，會本能逃避最根本的問題，直到不得不面對。」

若想揣測事物，不能被眼前迷濛怪象束縛，更不必用腦思考，而是用心去想、去做。

年輕人做事不自量力容易淪為自大狂傲，老人做事不自量力容易病倒；人性戰爭不會因梅雨停歇而結束，人心枯槁比起戰火更易焚身，讓人生走樣。

警匪劇《刑警七人》，講述面臨難解的刑案，苦無探查出口，主角之一高嶋政宏說了段有意思的話：「人心是最自由的地方，無論要在心裡想什麼，都是你的自由，所以我才不容許那些以操控人心為樂的傢伙存在。」

人在順境時，特別喜歡穩坐神氣中，常常忘記神明，只有在遇到困難時，才會想到求助神仙；人在身體健康時也會忘記神明，只有生病、受傷時，才會想到祈求眾神救苦救難。

不必相求吧，大神不曾拋棄過人！祂一直住在心裡。

的確，你有很多時間追尋快樂，哪來空閒煩惱，那是因為你還年輕，遇上的每件事都要歡喜迎接，面臨麻煩事，就去處理！

胸無大志的混日子，是不可能成就為成熟的大人。

**刑警七人（原名：刑事7人）**

劇本：大石哲也。

主演：東山紀之、高嶋政宏。

# 人也可能溺死在自己編造的謊言中

・能將謊言變成事實，只有一個方法，繼續撒謊。
・用謊言來維護謊言，內心只會日漸崩潰。

不是每個人都曉得什麼叫好人？如何做好人？無論工作、私生活、交朋友，盡量做到尊重自己的心，愛你的心，讓真心成為不可或缺的存在，便能成就好人。尤其，別透過不良方式跟別人討同情、要安慰。

討好自己很重要。你，絕非如自己想像的那麼脆弱。

相信這個世界一定有一個或更多個想法跟自己相似的人，也可能一輩子都不會遇上，但確定一定有這種人存在；如果奇蹟般遇到，算是福氣了。

《即便是愛，也有祕密》講述一個前程充滿光明，即將結婚的年輕司法修習生奧森黎，牽涉家暴引起弒父凶案，掩蓋罪行十一年的重大祕密，某天被最親近的熟人發現，所延伸的人性、人心、謊言與情愛相互撞擊、糾結的懸疑劇。全劇著墨母子兩人連袂在謊言生活的偽裝世界，虛與委蛇度日的驚恐情節。

劇中母親跟兒子說了段話：「能將謊言變成事實，只有一個方法，繼續撒謊。」女律師香坂泉則說：「人也可能溺死在自己編造的謊言中。」天理昭然，再大的謊言，總有一天會被揭穿。

另一部由田中裕子、瑛太主演，講述一場印製假鈔的犯罪行動，讓原本不相識的五個人，被欺騙、被背叛後的命運交集，產生憐憫之愛的《anone》，也有類似對白：「謊言只能用謊言來掩飾，謊言是沒有盡頭的，用謊言來維護謊言，到最後，你們的內心只會日漸崩潰。」

謊言如同瓣膜，無論編織得多麼細密，都會因狹小裂縫而瞬間崩壞，後果險峻。

然而，有人根本不在意被謊言欺騙，例如假借神鬼名義，招搖撞騙的神棍編造出來的「神蹟」。

謊言就像活在人體內還未死去的魔鬼，人心從此被監禁在黑暗牢房；就算善意的謊言，就算半真半假的謊言，謊言會愈說愈離奇，還不如直截了當說：「我不知道。」

**即便是愛，也有祕密（暫譯，原名：愛してたって、秘密はある）**
劇本：桑村沙也香等。
主演：福士蒼汰、鈴木保奈美、川口春奈、遠藤憲一。

**anone（原名：anone。日文「あのね」，中文「那個啊」之意）**
編劇：坂元裕二
主演：田中裕子、瑛太、廣瀨鈴、小林聰美。

# 人不是枯葉，都有未來。

- 事情總會慢慢變好。
- 別讓心的波浪留下瑕疵。

人總是懷揣某些苦無出口的憂愁，在狹隘的人際間隙謀求生存。縱使壓力緊繃、環境對立，也不必強加明說心有多難受，別人沒閒工夫在乎你的憂愁多深多重。

悲情事訴說多了，自己備嘗辛酸之餘，也等於洩漏慘痛的祕密。

人若憂愁，內心會懸宕多少抑鬱，光從外表看不出來，苦惱導致心煩，想來必定承受不少被拒絕、被排擠、被語言刺傷或被流言中傷！要適應每天面臨不知第幾回的被拒絕、被傷害，很苦。沒事的，別像個無藥可救的傻瓜，好似林黛玉，始終捧著一顆玻璃心。

為了被拒絕而苦，是因執念過深；為了被傷害而痛，是因沒調理好情緒，所以稍不留意就心碎。

事情總會慢慢變好，遇到喜歡的人，結交投緣的朋友，有人願意為你分擔一點苦惱，即便心中仍留有傷痕，最後也會讓事件變小到自己都能撫平。

改編自湊佳苗同名小說的《反轉》，講述身為上班族的主角深瀨和久，十年前的冬季，與大學研究會四位同學到山上滑雪。旅途中，深瀨不甚了解的好友和樹死於一場意外車禍。朋友慘死，原因不明，使他心碎至極。

十年後，深瀨在一間咖啡屋認識女主角美穗子，兩人順利交往。某天，美穗子收到一張寫著：「深瀨和久是殺人兇手」的紙片，……劇情急轉直下。這時，刑警出身的記者小笠原暗中追查真相，四處查訪當事人，結果真相為何？朋友之間真偽的情誼，交織內心獨白的憂慮，成為懸疑焦點。

劇中有段話說：「你是否天真的以為，道歉就會被原諒？是否覺得被原諒了，生活就會回歸正軌？然而，過錯並不會散去，終有一天它會加倍回到你身邊。」

憂愁，是生活一部分，人都有過被拒絕、被傷害的經驗，傷痕會隨歲月而消失嗎？要知道，被拒絕後的省思會讓人變堅強，我們或能從中汲取教訓，成為有判別力的人，未來才不會對他人造成同樣傷害。

自己都討厭的事，千萬不要加諸別人身上。

人不是枯葉，都有未來。所以，被拒絕不必在乎，被傷害沒什麼大不了，就在心裡自我解嘲，是不是自己沒留意人情世故，未使心靈與情意相通，徒讓心的波浪留下瑕疵？

**反轉（原名：リバース）**

小說原作：湊佳苗。

主演：藤原龍也、武田鐵矢、市原隼人、小池徹平。

# 活在世上是件羞恥的事嗎？

・帶著這些想逃離的記憶，活下去。

・我的生命，只屬於我。

人逢落難，朋友轉眼不見。

生活中有個可以聊天談話的朋友，還是比較好，即使一半真心，一半假意都沒關係，只要不枯燥就行，不話中有話就好，盡量避免發生那種當時為什麼沒好好聽人家說話而產生的遺憾。

改編自西尾維新的推理小說，描述身體機能狀態異常的偵探掟上今日子，只要進入睡眠狀態，記憶會重置，當天發生的事瞬間化為烏有，所以必須在一天內解決掉所有受理案件的偵探劇《掟上今日子的備忘錄》，有段對白：「活在世上是件羞恥的事，可能這世界有很多人日子可以過得很瀟灑，但我不認識，那不是我。慌慌張張，被弄得團團轉，別說帥氣了，我非常討厭這樣難堪的自己，每天都是這樣。但是我卻仍然在這裡活著，你也是，雖然很羞恥，但還是要活著，帶著這些想逃離的記憶，活下去。」

又說：「就算是這麼不走運的我，就算是苟且偷生，沒有想做的事情的我，也這樣活著。我的生命，只屬於我，差點被奪去生命的我，就算憤怒也無可厚非。」

終於明白，「保護好自己的身體，是一種責任。」

也許有一天，我們會突然讓正義凜然的靈魂消失，比一般人還義正辭嚴的問自己，學校教過我們如何面對人生嗎？如何積極做好事，讓正義感驅使，使生活過得更像人，更有智慧？

人世間相互對抗的善惡戰爭永不止息，今後的事就交給未來的人吧！憤怒和悔恨只會讓人一籌莫展，與其陷入利益爭戰，不如珍惜現有，找個人飲茶說話。

即使用同樣茶葉、咖啡豆，滋味也會隨沏茶的人、沖泡的人而不同。

嗯，茶還是朋友沏的甘美，咖啡還是朋友沖泡的香醇。

**掟上今日子的備忘錄（原名：忘却探偵シリーズ）**

小說原作：西尾維新。

主演：岡田將生、新垣結衣。

# 多麼偽善的人性啊！

- 最痛苦的並不是失敗之際，而是承認失敗之時。
- 人類的本質寓於細節中。

人心裡面都長有一副獠牙，獰笑鋒利如狼嚎，伺機出鞘。

很多時候，人是在固執己見、恆定不起變化的「我執」中過活，我執過頭成偏執，是非自然跟著多起來。長時間生活在我執意識下，自然認為凡事既已這樣想了，不就是應該這樣做、那樣做！

作家渡邊淳一說：「世間所有的勝敗爭鬥，最痛苦的並不是失敗之際，而是承認失敗之時。」

與人相處做事，一定要明確表白想法，把意念清楚傳達，忌諱堅持無厘頭的一意孤行。

這話聽起來好似有些道理，其實不然，並非每個人都願意把好話聽進心裡，要做到這一點容或不易，不是每件事、每個人的想法都會一致，這也是沒辦法，有話不說，話說不明，爭競口舌，是因害怕與人衝突而見風使舵，真是糟糕。

人在遇到具衝突性的偏執意識，會如何辨識？我不知道，如果涉及善惡因果、人格問題，不願動腦想想如何讓自己辨別是非對錯，那就是存心放棄自己所思慮的意見，進而形成一味蒙眼自閉，不覺真相重要的鄉愿狀態了。

改編自東野圭吾的推理小說《流星之絆》，講述發生在橫須賀市一間洋食餐館，某夜，三個兄妹一起到郊野觀賞獵戶座流星雨，不料是夜雙親慘遭殺害，背負殘酷命運的三兄妹在育幼院度過童年。父母逝世十四年後，三個人展開尋找真相，為雙親復仇的計畫，意外發現當年十分照顧家人的辦案員警竟是嫌疑犯……。多麼偽善的人性啊！

劇中大哥說了段話：「我不相信警察……，我們一起尋找真相，不管花多少年，也要找出兇手，殺了他；不要指望流星，我們要靠自己去實現。」

既然魔鬼藏在細節中，人類的本質也恆常寄寓細節中，自己不在意的言行舉止，常會在無意間流露出最真實的一面，那是因為人性的基本素質很難做到表裡如一，尤其，好人壞人都會撒謊，大人小孩也會說謊，這一點倒是很一致。

千古以來，人們說的大道理、小道理繁多雜亂，似是而非者眾，實在難以適從，還不如一句「天理昭彰」來得受益無窮。

**流星之絆（原名：流星の絆）**

小說原作：東野圭吾。

主演：二宮和也、錦戶亮、戶田惠梨香、三浦友和。

# 下定決心要破釜沉舟的人才最強大！

・善用他人的智慧並能整合眾人之力的人才會成功。
・一把利刃，為醫生所用是救人，為歹徒所用是殺人。

名聲，不過是讓人到社會吹噓有無身分、金錢、地位的資本，是你以為掌握到手，可一張開，偏偏一無所有，到頭來只剩回到生命原點的虛空而已，它是利益，不是東西。

這讓人想起木村拓哉、阿部寬主演的政治劇《Change》。

劇情敘述性情溫吞，就連在學校都會被學生惡搞的小學教師朝倉啟太，父親是政友黨眾議員，某天，與承續事業的長子雙雙空難亡故，母親勸說啟太辭去教職，投入選戰，繼承政治世家香火。

從未接觸政治的啟太當選眾議員後，政友黨的支持率低迷，黨內人士提議由啟太出馬競選總裁，後來更順利出仕內閣總理大臣，但內閣官房長官神林卻拿他當傀儡，意在政友黨支持率提高後，逼退啟太，替換自己接任總理大臣。

總理大臣被政客要脅，分明做對的事卻遭阻撓，忍無可忍，只好發表公開聲明，訴諸群眾，含淚任性的以廿二分鐘辭職演說揭發內幕，決定把權力交還人民自己做主。

觀眾收視高達百分之三十的廿二分鐘辭職演說，有段話：「雖然明白政治很重要，卻沒切身體會，或是說個人對政治根本沒什麼期待。雖然常聽到『你的一票會改變政治』，但我卻沒感受到我這一票改變到政治。只有選舉那一瞬間會熱烈討論誰贏了、哪個政黨上臺了，但結果什麼都沒改變。選舉時許下的諾言也不知什麼時候變得含糊其辭。事後想想，當時那麼興奮算什麼？覺得自己像傻瓜一樣有所期待，後來就無所謂了。果然，自己的一票還是沒法改變政治。那樣的我為什麼還要去參加選舉，當選後又為何當上國會議員？」

戲劇反映人生，現實生活常被寫進戲劇。尋常民間社團，不也常發生類似事件！

有座社區，管委會無預警打算更換物業，社區氣氛攪和到人心惶惶，不知

物業犯了什麼滔天大罪，導致非換不可？或是物業得罪某些委員，所以必須撤換？或是關於「議價」等其他無法深究的不明原由？這當然只是住戶多方臆測，肇因於管委會自始至終三緘其口，不肯對住戶質疑提出說明，招致住戶徒喚奈何，僅能藉由自由心證發揮不解的聯想！

由於擁有權勢的少數委員一意孤行，以威權的法匠姿態綁架主委意識，無視住戶心聲，社區一時論述喧騰，不換物業、提前召開區權會的連署運動紛起，關鍵時刻，主委決定不透過管委會，直接跳離是非圈，跟住戶站在一起，揭發不被住戶理解，更換物業的內幕，冀望透過召開臨時區權會將重大議題的抉擇權交還住戶。

這是不易立判決定的意志，恐怕連政治人物都不會輕易擺出的態度，主委利用不召開管委會、不簽字，意欲凍結管委會，利用聲明，形同解散管委會，倡議重新改組，將選擇權交付住戶。

「社會上有些事跟團體生活的道理一樣，一件事要成功，需要有所作為、有各方人才的團隊，而不是要一個藍波。沒有誰什麼都懂，要懂得尊重人，尊

重意見，善用他人的智慧並能整合眾人之力的人才會成功。」一位理性的住戶說。

這就好比《Change》總理大臣演說的末段：「請大家了解，也有政治家雖然從事政治多年，並擁有很大影響力，但卻能承認自己的錯誤，並自行隱退。」制度、規章，好比一把利刃，為醫生所用是救人，為歹徒所用是殺人，關鍵在於執行者的智慧與能力，不在制度面的完善與否。縱使制度訂定完美，若執行者無能為力，不也枉然。

這是一個即使生為惡男醜女也要妝扮的年代，這是一個如果面對事件發展不予改變，會演化成怎樣，就等著那樣發生了再說的時代。很多事，表面上看上去沒變，實質內涵卻完全不一樣。

政治的碗裡，盛的是魑魅。果然，下定決心要破釜沉舟的人才最強大啊！

**Change（原名：Change）**
劇本：福田靖。
主演：木村拓哉、阿部寬、深津繪里、加藤羅莎、平泉成、風間杜夫。

# 要成為遇事不慌亂的人

・人一旦成功，成為成功的囚徒後，會因此綁手綁腳，走向失敗。
・自己開始的事，最好堅持到最後。

作家池井戶潤的作品，如：以銀行議題《半澤直樹》、《花咲舞不會沉默》、《下町火箭》、《陸王》等改編為日劇的甚多，二〇一七年推出他同名劇《彬與瑛》，講述日本泡沫經濟崩壞期間，兩位同樣背負「宿命之爭」的男子，滿載理想前往銀行應試、就業，歷經挫折、成功，充滿人生奮勉的過程。兩位出身背景與性格完全不同，但名字發音相同的男主角，在生命軌跡交錯中，共同經歷經濟泡沫化的職場角力。

擔任東海郵船社長，從事船運，階堂彬的父親，囑咐東大出身，以優異成績進入銀行界，成為菁英的彬一句話：「人一旦成功，成為成功的囚徒後，會因此綁手綁腳，走向失敗。」

「銀行是社會的剪影，我們與各行各業、各種各樣的人打交道，來這裡的人，都有他們各自的人生和處境，請大家謹記這一點。」宿命、成功、失敗，教人如何面對？

池井戶潤在收視率高達百分之四六．七的《半澤直樹》也寫下不少名言：「不管是誰，想要活下去，都需要錢和夢想，你只是做了一個銀行員該做的選擇。」、「部下的努力是上司的功勞、上司的失誤是部下的責任。」、「我相信人性本善，但是吃虧了，我必定以牙還牙、加倍奉還！這是我的為人準則！」主張銀行員要「誠實」的半澤直樹一定認為：老是回頭，行不通；老是挨悶棍，太無趣。

因此，原作安排背負不同宿命的《彬與瑛》，大學畢業後進入同一家銀行工作，坦然接受命運安排，在經濟崩潰的一九八〇年代，以惺惺相惜、共渡難關的態度，面對銀行員該有的選擇。

就算你不是開啟前路的拓荒者，可也是能在背後支持他人的人。「謝謝你把我放在心上。」只有明白想要變強，不讓失敗重演，不把自己誤認為悲劇人物，那麼生活在危機重重的社群，就不必為能否成就社會菁英而牽絆掛心了。

自己能成為怎樣的人？做怎樣的事？全由自己抉擇。

「自己開始的事，最好堅持到最後。」還有，「要成為遇到什麼事都不慌亂的男人，最好是面對它。」也就是說，要成為臨危不亂的男人，最好跟命運低頭。

**彬與瑛（原名：アキラとあきら）**

小說原作：池井戶潤。

主演：向井理、齋藤工、小泉孝太郎、松重豐。

**半澤直樹（原名：半沢直樹）**

小說原作：池井戶潤。

主演：堺雅人、香川照之、上戶彩、及川光博。

# 人是為了尋找活出幸福的答案才存在當下

- 刪除我人生中的任何一個瞬間，我都不能成為今天的自己。
- 人是為了尋找活出幸福的答案才存在當下；過去，只是活過的證明。

小說家芥川龍之介說：「刪除我人生中的任何一個瞬間，我都不能成為今天的自己。」

人類不自覺的潛意識裡，經常交織著矛盾、複雜，有時天真，有時自以為是；一面想著要這麼做，一面又覺察到無力可為；一面希望別人理解自己，一面又隱藏真實的自我。嚴格來說，是沒能深刻認識自己的緣故所致。

改編自十九世紀瑪麗・雪萊創作的歌德式小說《科學怪人》的《科學怪人之戀》（暫譯），描述一位經由醫學實驗成功而讓死屍復生，不老不死的科學怪人，在世間存活了一百二十歲，且擁有比人類強大能量的科幻劇。

故事源於隱居幽僻森林的科學怪人，他的身體潛匿著不能讓人類觸碰的祕密，作者敘述，科學怪人的心和生物相較，比之人類更加細膩、溫柔。某天，他遇上為尋找真菌，誤闖濃密森林，尚在研究室學習菌種的女主角津輕繼實。津輕繼實自小體弱多病，青春期的身體不免徘徊在死亡邊緣，遇到科學怪人後，她把習慣獨居的他抽離陰溼森林，帶回小鎮一間木器製作所起居、工作，藉此接觸人類，並與木器店的木匠培養熱絡情誼。之後，被廣播節目外景主持人天草發現，受邀上電臺訪談，人類與科學怪人之間的愛戀、好奇、嫉妒，以至隱蔽背後，輪迴的身世之謎，逐一被揭開。

這個被稱作怪物的人，百年前曾和已然去世，孤絕怪癖的醫學博士一起工作，直到因病去世，又經醫學博士實驗療治成功復活，不久，博士棄世，獨留他一人在森林過活。

劇中的大學農業部生命科學研究室的鶴丸教授強調：「不管他想怎麼活下去，我都會義無反顧的相信他、照顧他；相較於身體，我更願意相信他的心。」

又說：「身為醫學博士，選擇已經身亡的他作為實驗對象，是因為不論發生什麼都想守護他的心和生命，即便重生了也是一樣，博士確信他的心是善良的、溫暖的，我發自內心尊敬博士，所以也相信被大家叫科學怪人的這個男人的心。用這顆心去克服現實世間的狀態吧！」

這樣看來，被叫科學怪人的活死人，確實比起人類社會的活死人還要來得使人感動。

活著的時候，時間彷彿過得特別快，從出生那刻起，人類便面對不知何時到來的死亡而存在。那麼，人為何而生？為何而活？

應該這樣說，人是為了尋找活出幸福的答案才存在當下；過去，只是活過的證明。

**科學怪人之戀（暫譯，原名：フランケンシュタインの恋）**

小說原作：瑪麗・雪萊。

主演：綾野剛、二階堂富美。

# 為了平安活下去，絕對拚盡全力。

- 人生的好光景不會時常出現。
- 生命沒有後援與代打。不啓動，就沒未來。

在哪裡存在，就在那裡綻放光芒。

講述某商社一位菁英銷售員，遭空降受命為高校校長，他拿學校當企業經營，視學生同商品，說是為改善學生素質，期能吸引更多考生入學就讀，卻在教師恪守成式的反彈聲浪中，執意力行教改的《只是先出生的我》（暫譯），一部描繪年輕熱情的校長，營造校風新氣象的校園劇。

劇中飾演改革派校長的櫻井翔，為安撫接受教改的學生，說了段話：「學習很重要，進入大學並非終點，之後，還要踏入社會，大家終有一天要離開學校，進入與象牙塔規則完全不同的環節，我是這所學校的校長，並非故作姿態，我只不過比大家先出生那麼一點時間，所以，我不是以教師之尊，而是以一個人跟大家說話。我想說，接下來的世界會發生翻天覆地的變化，你們的人生也會經歷各種風浪，這樣真的好嗎？我是不是沒有才華？這種不安的想法會不斷湧現。」

又說：「我們都沒有預知未來的能力，說到底，不啟動，就沒未來，你們能做的，就只是掙扎，為不可思議的事而奮力掙扎向前，就會看見沿途景色。想做的事和不懂的問題成千上萬，所以，什麼都去嘗試、冒險！沒人會抱怨冒險家，到時會有很多人對你豔羨不已。人要成長是不容易的。」

成長的確不容易，有時甘願如紅葉一樣把生命獻給秋天的樹幹，然後以火紅之姿存活；有時也願意打開門窗，讓月色明朗照耀，展露無視黑是暗夜唯一不變顏色的氣勢；甘心在惱人情愫的日子等待明晰朝陽升起，甚至不矯揉造作的在光天化日，討厭政治、權威，厭惡制度、束縛，唾棄窮極無聊的口號、標語，鄙棄自詡為專家、學者、正義使者的誇耀呻吟。

這些不拘儒者風範的任情任性都將使人走路有風，妙趣橫生的流衍出愉悅心情。

過了青春無少年，人生的好光景不會時常出現，以後想起，大概會因生命曾經耀眼或太過貧乏而哭泣！不要在乎已成事實的失誤，就像內衣可以包裝、修飾身體，卻無法改變形體的事實。

不要埋怨生活過得慘澹，不要擔心失敗會不會使人失去尊嚴。無論如何，人都需要確保失敗可以重新來過的勇氣，才能邁出不急躁的步伐，處之泰然過日子。

人生來來去去，如過眼雲煙。除非失憶，否則去到哪裡都一樣，人的個性不會輕易改變，就算遠走高飛，之前的日常，好好壞壞，成功或失敗，還是會很快滲進生活。

即使世界變化多端，我們要做的事只有一件：為了平安活下去，絕對拚盡全力。

生命沒有後援與代打，只有堅持孤立的意志向前走，把勞心費神的憂慮拋到腦後，不必害怕困擾踉蹌接踵而來，日子就會靈活有趣了。

一定要的，一定會好起來的。

嗯，喜歡這種綻開生活智慧的你。

**只是先出生的我（暫譯，原名：先に生まれただけの僕）**

劇本：福田靖。

主演：櫻井翔、蒼井優、多部未華子、瀨戶康史。

# 選擇放棄，也不是什麼壞事！

- 人活著應該要做兩件事，想做的事、要做的事。
- 願望或夢想可千萬別留存在玻璃盒，時間久了，會全部爛到骨子裡。

改編自魚乃目三太同名漫畫的《宮澤賢治的餐桌》，講述昭和初期，出生岩手縣花卷市，既是童話作家、教育家，又是農業指導家、作詞家，性情爛漫的宮澤賢治，短暫三十七年的人生，與親友在餐桌共享美食，所延伸執著於文學創作的美好生命。

劇中有段宮澤賢治與父親對談理想的話：「在你眼裡，我也許是個整天遊手好閒的敗家子，但，那是因為能讓我真正為之興奮的事還沒出現；這個世界的某個角落，一定有屬於我的使命需要我去完成。」這種毫不掩飾的理想，彷彿只局限於夢中才會浮現。

父親不留情面的回說：「你這是執迷不悟，夢想不能當飯吃。」夢想真的不能當飯吃嗎？宮澤賢治苦其一生，終身未婚，生前毫無名氣，僅出版兩部著作，詩集《春與修羅》、童話集《要求特別多的餐廳》。直到身故，經友人草野心平推廣，夢想終獲迴響，以《銀河鐵道之夜》聞名於世，日本人尊稱「國民作家」。

夢想和願望這種東西，只向星星許願、向神明祈求就能實現嗎？願望大都陷在泥淖裡，不把靈魂伸進去尋索，是無法實現的。

宮澤賢治的生平事蹟不正告訴世人，人活著應該要做兩件事，想做的事、要做的事。年輕時沒有要做的事，到頭來還是做不了；還有，就是用心追逐想做

的事的夢。

有人努力追求夢想許多年了，至終毫無成效，失敗後，寧願選擇放棄，並認為，沒人能幸運完全實現理想。

不論是誰，都有過站在十字路口，面對必須瞬間抉擇的經驗；或許選擇放棄也不是什麼壞事，只要向著新理想前進也能出現可預期的精采！

夢想一旦從身邊溜走，人便無處可去，最後只能背負未竟完美的人生慢慢前行。

應該為所有有夢想、願望，願意努力追逐的人喝采。

好吧！也許有人在某種狀態下，會無奈的把可能被竄匿的美夢貯存在記憶的玻璃盒，然後陶醉在古人那首俳句詩文裡，寄予未來。

哎哎，願望或夢想可千萬別封存在玻璃盒，時間久了，會全部爛到骨子裡。

**宮澤賢治的餐桌（原名：宮沢賢治の食卓）**

漫畫原作：魚乃目三太。

主演：鈴木亮平、石橋杏奈。

# 心不快樂，幸福又有何用？

- 雖無法如願順遂，還能安穩活下去，就是人生。
- 改也無益的事，可以不改。

是誰說的？雖無法如願順遂，還能安穩活下去，就是人生。又說，不開心時，要大大方方抛開羞恥感，快樂的大啖美食，就會忘記不愉快的事。

啊！自己的人生尚且處理不好，還得面對現實，原來，人就是不想與他人被吸入同個鄙俗的時空，然後在某日突然發現某些想忘記的事，終有一天也會忘掉時，才心甘情願放手不再被困惑束縛到無法呼吸。

人能相互見面的機會不多，能相處的時間也少了，每次回到過去，總是拚命跑，不明白怎樣才是正確的路，能做的就只有不斷使勁的跑。只是不了解，人為什麼要不停的跑回過去，然後在鄙俚的記憶裡費神傷感？

改編自山崎豐子同名小說《白色巨塔》，講述兩位醫生承受不同境遇，引發大醫院醫療疏失的訴訟，揭露腐敗的醫療體制，漫天謊言的高層，傾權勢爭奪下的醫界黑幕。劇中有段話說：「如果你要幸福，就要堅定伸出手，去做你想做的事，去愛身邊最愛你的人，不要等，幸福從來沒有離開過，只是你有沒有看見。」

雖則人們認為是過去決定未來，是不是也可以這樣說，是未來選擇過去？嗯，不必回顧過去，過去不復存在；不用高談未來，未來還沒發生，就算想幸福活下去，可是未能清算的任性習慣與尚未養成的適應習慣，依舊死纏不放。

心不快樂，幸福又有何用？

幸福，善於偽裝成同伴，想來就來，說走又忽然消失，就像朋友疏於聯絡，不是因為冷漠，是沒用心了解對方。我們著實很在意喜歡的人對我們的態度，那種任何時候都能向對方傾訴，會讓人感受到輕鬆自在的幸福。

《白色巨塔》告訴人們，對著鏡子看看自己，都幾歲的人了，還不明白凡事不能委身他人，苦苦等待他人會不會在梅雨季節送暖到來，這種態度如同從零開始，零乘多少，總歸是零，絕對是零。

再說，幸福存乎一心，改也無益的事，可以不改；或是，想忘掉不如意，忘掉不想記憶起來的苦澀往事，很難，不如不想。

**白色巨塔（原名：白い巨塔）**

小說原作：山崎豐子。

主演：唐澤壽明、江口洋介、黑木瞳。

# 我們是不是在哪裡見過？

・人是為嚮往遇見精湛的生命風景而選擇未來。
・腦袋可不是為了戴帽子而存在。

動畫電影《你的名字》主題曲〈前前前世〉，有段歌詞：「早在你的前前前世，我就開始尋找你，以你那有些笨拙的笑容為目標，一路追到這裡，哪怕你完完全全消失不見，灰飛湮滅，我也會毫不猶豫，從一開始去找你。無論相距多少光年，我也會哼著這首歌去找你。」

人是在穿越無數銀河盡頭才得以降臨世間與他人相遇，關於離別錯失、靈魂互換、黃昏是一種不屬於白天或晚上的灰色時段，世界因此變得模糊的劇情，你信嗎？

平安時代歌人小野小町的和歌：「夢裡相逢人不見，若知是夢何須醒。縱然

夢裡常幽會，怎比真如見一回。」給予導演新海誠創作靈感，啊！要是能回到過去，你想回哪個年代？

人到世間好似春臨人間，依稀要來確認某個時辰在某個空間擦肩而過的情景，直到相逢恨晚。「我們是不是在哪裡見過」、「我曾經好像來過這裡」，心動了，落淚了，最終發覺，人是為嚮往遇見精湛的生命風景而選擇未來，為堅忍扛下明天的夢想繼續往美好行進。

人不會獨自活著，感覺孤單時，要以果敢的覺悟，放下怯弱，活出精采。

腦袋可不是為了戴帽子而存在，當生活遭到煙塵包圍，要用心找尋能為自己照亮行路的明燈。活著就會病、會老、會死；人生像走在吊橋，搖搖欲墜，面對惴惴不安，要有樂在其中的氣魄。因為有悲歡離合，有危機四伏的不安，才顯露歲月奈何。

有時身處暗夜房間，屋外風颳得緊，雨水嘩啦落下，電視機螢幕繽紛閃爍，攪拌心情雜沓、躁動不已，雖則已跟黑夜說再見，一連說了好幾遍，眼前景象始終被迷茫籠罩；好吧，這時何不把心中那一首未嘗消逝的青春歌謠，縷縷輕揚！

深夜見不到想念的人，聽不到熟悉的聲音，愈是這樣想，愈想聽聽天空的聲音、花開的聲音、貓喵的聲音、心跳的聲音，好想知道海的吶喊、山的呼吸、風的呼嘯。

啊，那就帶著平靜的心一起尋找回憶的聲音，還有，歲月漂流的聲音。

**你的名字（原名：君の名は）**

劇本：動漫家新海誠編劇與執導。

## 人因邂逅美，而變得溫柔。

- 人是因為尋路、問路、走路，幸得邂逅美而變得溫柔。
- 彼此沉默太久，連主動探知都需要十足勇氣。

打開Google地圖，許多過往足跡，好似迎風吹來快成絕響的回憶，一點一滴慢慢湧現。原來，人類的記憶並非記錄事實，而是捕捉印象，那是因為人對「日子」的本質理解不夠，宛如暗夜行路，受到承續過去、現在和未來，不知何去何從、茫無頭緒的影響。

人的一生，尤其青年時代，大都苦守在崎嶇不易行的地軸活著，時常陷入焦慮、苦惱，從而坐困愁城，被迫作出現實抉擇，連追求美和美好生活的成長方式都遭扭曲。

小說家谷崎潤一郎說：「美不存在於物體之中，是存在於物與物產生的陰翳的波紋和明晴之中。」

陰翳也是一種美呀！

而今世界變化多了，生存花樣變多，分歧岔口儼然不再是前進的障礙，善變的年輕人熱中新知，機智有為的把過去被當成吉凶互異，不知如何辨識的分岔路，以自開自落，任天地興衰的伎倆翻新作為，獨具機杼的從岔口斜陽處，步上隨意抉擇自我感覺美好的多樣道路。

改編自第一四八回直木賞小說《何者》的同名電影，敘述五位即將踏入社

會的在學青年，面臨填寫就業資料、網路筆試測驗，再到職場面談所經歷的煩惱、迷茫及夢碎情事；這種闡述表面相互鼓勵，卻又各懷鬼胎面對彼此，汲汲皇皇圖謀機事所引燃背叛與偽善的多面人性，真確投射出現代年輕人內心的惶惑。

然，生命紛紜，天地寂寥，終究還是有人無方從容裁決雜沓而至的大小事務，以致茫無所措。

人是因為尋路、問路、走路，幸得邂逅美而變得溫柔。對過去發生的事不聞不問，不表示忘記，但一定是疏忽了，否則就是不願再回憶起來，就像彼此沉默太久，連主動探知都需要十足勇氣；尤有甚者，只想依附別人的人生攀高結貴，絕對是不智之舉。

**何者（原名：何者）**

小說原作：朝井遼。

主演：佐藤健。

# 讓自己試著作次決定

- 說實話的勇氣，只能用虛構方式傳達。
- 人性的天空可不會永遠萬里朗朗。

《何者》的作者朝井遼在書中寫道：「因為有這片天空，才有大地。世界如此寬廣，我們究竟在這麼狹窄的地方害怕些什麼？」如此一說，每個人都可能成為不知是良善或偽善的「何者」，也可能因內心塞滿過多不能告訴別人的事，所以選擇沉默。

人性善惡有標準答案嗎？

登山的人知道山有多高，看來，我們僅能從朝井遼的文字讀到這種難以理解，對「友情」定義的藉口：「我說實話的勇氣，只能用虛構方式傳達。」作為掩飾「我對他們並沒似曾相識的感覺」的疑慮。

尋夢的路看似可以虛擬，勇氣卻必須真實，要知道，人生宛如紙飛機，載著理想向前飛行，這條航路，時而和煦，時而炙熱，過程不免孤單，有時還能從中結識一些人。

由於熱烈交往，友情會變得格外溫順；因為不捨分離，生命力會變得特別堅毅。

不同方位的人生態度，自有不一樣景象，因此很容易在與人邂逅中產生人性善惡的擦撞，不論是善緣之美或孽緣之惡，都將形成不必一脈相承的澄澄朝

陽，即使朝陽偶爾看起來了無雲煙遮掩，但友誼的天空可不會永遠萬里朗朗。

不管怎樣，美好或虛構的理想都因有人一起互動而變得深刻；就算要說漂亮的話，也必須溫柔以對，如果遇上不得意的結局就臭著一張臉，原本指望的好事又如何實現？

把過錯掩蓋掉，就沒錯了嗎？

每個人的人生都會遭遇進退兩難的處境，你或許不知道作決定的方法，但無論如何都要讓自己試著作次決定，作個既有智慧，又給人認為是值得信賴的人。

**何者（原名：何者）**

小說原作：朝井遼。

主演：佐藤健。

# 女人的敵人是女人

・別顧著匆匆趕路，疾行無善跡。

・自己做的事，自己來扛。

人生路千萬條，每個人踏上各自抉擇的路，頭頂一片天，時晴時陰，有時雨驟，難免有逆風，有強風，偶爾遇上晴朗無雲就算賺到，何必怨嘆，何須苦惱。

如果不幸觸及荊棘，情況惡劣的崎嶇分岔路，別顧著匆匆趕路；疾行無善跡，只怕走岔了路，迷失路途，無能察覺原來陸路水路，條條走得通，最後平白無故步上絕路，未免遺憾。

徘徊歧路，不能立即作出決斷時，不必灰心掩泣。順應時勢變遷，先坐下來休息，讓心神安定，再作打算，便能感受清風拂面、心路照通。否則，臨陣恐

懼，易於陷入去向難定，行路困頓的絕境，一心只想怎樣逃脫，而不知如何從一籌莫展中沉著應對，慌亂神色便畢露無遺了。

改編自松本清張原作《黑革記事本》的日劇《銀座夜女王》，敘述銀行派遣員原口元子，某日發現高層為客戶從事空頭帳戶逃漏稅的祕密，她把證據寫在一本黑皮記事本，以此威脅行長，又以詐欺、矇騙手法從銀行巧取豪奪一億八千萬日圓，在銀座買下一間酒吧，取名「Carnet」（法文，記事本），當起媽媽桑，過著欲望與愛憎交織，一段長袖善舞、孤高鬥爭，最終免不了步上黑吃黑，讓人唏噓不已的荊棘路。劇中有句話說：「自己做的事，自己來扛。」又說：「我不是任何人的附屬品。」

「女人的敵人是女人！」一個女人究竟要有多大膽識，才能在爾虞我詐的世間生存？

導演黑澤明說：「面對可怕的事物閉眼不敢看，就覺得可怕，什麼都不在乎地看，哪裡還有什麼可怕的？」

行路難，難行路，不論走上哪條路，儘管可能重複，但別冀望每次都能走得平順。人生路途的狀況因環境紛歧而截然不同，走在順暢的下坡路，不一定不會跌跤摔傷，走在陡峭的上坡路，說不定反而隨意輕鬆。

世情冷暖，《銀座夜女王》告訴觀眾，不管艱辛的路多麼難走，仍可使人發現其中玄妙；為了自身安危，即使逞強、勞累，就是不能步上不歸路。

**銀座夜女王（原名：黑革の手帖）**

小說原作：松本清張。

主演：武井咲、江口洋介。

# 一個人生活好似理所當然

・戰勝習慣，翻轉習慣，才會讓人活出自在。
・自己的人生尚且掌握不好，怎能背負另一個人的人生。

日子怎麼過才好，全由自己決定，有時不免在同樣路徑的回家路上，突發奇想繞道而行，就像你我和別人在同個星球吃同款食物，吃多了，吃膩了，忽然感到了無興味，急著改變一樣。

想想生活中有重複不斷的對某些人事物的厭惡感，所以，偶爾拿自我為中心，標榜以「用我的方式」活著，說不定會出現不壞的效應！

要怎麼活？如何過日子？根本不需要在乎別人眼光，即使被說成是個缺乏想像力的人，沒關係，被形容為不守規矩，好似變成怪物也無所謂，只要懂得翻轉壞習慣，才會讓人活出自在。

《家族的形式》講述浸漬在自我世界，完全拒絕他人侵犯既有生活形式，想法彆扭的三十九歲單身男子永里大介，一段傷感的父子關係。

這個男子任職某文具生產會社，對潮流十分敏銳，和他人交往也完全沒問題，只是討厭被感情拘絆，對無憂無慮的獨居生活感到安恬滿足；後來，巧遇住在同棟大樓，某貿易公司主管，事業心強，要求工作嚴格，誓言不再結婚的三十二歲離婚女熊谷葉菜子，一場「執念」事件於焉展開。

某日，男主角年邁的父親無預警到訪，堂而皇之住進寓所，擾亂他自詡優雅的單身貴族生活，一齣戲從而串連起錯綜複雜的情節。

沒能力應付非常規的偶發事件，面對慘遭父親攪亂的隱私秩序，他說：「不管什麼事，人只要一習慣就會覺得理所當然。」又說：「獨居生活沒想像中那般完美，自律的人生總會被一些鹵莽的人和莽撞的東西打破。」實則是他習慣自囚在私我的「美好」世界。

原來，每個人對生活方式抱持的態度大不相同，都有屬於自己的安排，至於為什麼非得鄭重其事的維護生活規律，為什麼特別珍視自我立下的人際準則，自然有其不同見解。

好比有人私下會使用價格昂貴的東西，還自誇「低調的奢華」，或低吟「高調的簡樸生活」。

後來，男主角分明已默許與父親在同個屋簷下過日子，仍堅持不變的規律態度，不斷強調完善的紀律是完美的順序，還說，自己的人生尚且掌握不好，怎能背負另一個人的人生。

唉！有時會覺得一個人生活好似理所當然。

**家族的形式（原名：家族ノカタチ）**

劇本：後藤法子。

主演：香取慎吾、上野樹里、田中圭、西田敏行。

# 我們不過是人生拼圖裡的一小片

- 雨後總會放晴，黑夜必有終結，寒冬必定遠去。
- 破了就破了吧，錯了就錯了吧！破了、錯了不是罪過，只怕無心面對。

解放自抑拘禁的心吧！《家族的形式》讓人看到凡事以自我為中心、以己見為主張的男子，勇於卸下心防，最終說出：「我想告訴他們，把遇到的人當成寶貴的財產看待，想想，世上有數不清的不順、厭惡、悲傷。如果能和別人在同個屋簷下吃同樣食物，並且覺得美味、滿足；不管如何，誰都會用最大的力量撐下去吧！」這種寫意出開闊胸襟的心聲。

雨後總會放晴，黑夜必有終結，寒冬必定遠去，萬事萬物，沒有絕對和永恆，都會走向終點。

從《家族的形式》對照重拍小津安二郎的經典名作《東京物語》，好清淡、好平凡的電影《東京家族》，描述住在瀨戶內海小島的平山夫婦，為了探望三個離鄉背井，在都市工作的兒女，大老遠跑到東京。一開始頗受久未見面的孩子熱情接待，後來，基於生活步調的差異，導致親情出現磨擦。

片中有句話說：「這個城市這麼大，一不小心走散了，可能一輩子都見不到。」這是從鄉下來的父親對眼下現實東京的肺腑之言。

感情融洽的老夫妻回到鄉下後，母親昏迷送醫不治，父親說了段話：「如果我說愛妳，就是真的愛妳，是不能代替的，用時間沉澱的，每秒都會珍惜那種愛妳。如果我說想妳，就是真的想妳，是無法呼吸的，被淚水滲透的，每秒都不停歇，怎麼也睡不著，想妳。」觀影之後，卻是好濃郁，好強烈的溫暖感受。

猶見《東京家族》的人生縮影，貼近現代時空，給人對複雜的「家」更多感觸。

那麼，作為人子，你衡量過至今為止的人生嗎？不論走上哪條路，成功或失敗，到底哪個多一點？或許吧，做了好事，成功的機率會被累積起來，好運也會接踵而至；而人之所以一味遵行這種泛道德化，是存心想在無法做出明確選擇時，讓運氣天平稍微靠近自己這邊。

然而，啊！我們不過是人生拼圖裡的一小片，那個並不完整的一片，即使只是一小片，有時卻可以把破碎的原件修補回來，不論補綴得多好，多麼渾然天成、妙合自然，絲毫不留斧鑿痕跡，終究還是跟最初的不一樣。那麼，不如讓它破了就破了吧，錯了就錯了吧！破了、錯了不是罪過，只怕無心面對。記住，就算時代改變，也會有不變的事。

陽光只在願意修正錯誤的人身上燦爛，做不對事還一味推諉塞責，人生就很難向前看、往前行。

**東京家族（原名：とうきょうかぞく）**
改編原作：小津安二郎的《東京物語》。
主演：橋爪功、妻夫木聰、蒼井優。

# 沒有我賣不出去的房子！

・用勤快腳步去尋找生命過程，那一點點可能的亮光。
・賣房子就是賣人生，客戶是拿一生的積蓄來下注的。

情緒會變化是一種天性，人會孤獨也是一種天性！

孩子，你肯來找我聊天，是我的榮幸，我喜歡看你碰到什麼栽觔斗，偶爾會重複相同錯誤的糗事，依然夙夜不懈的身影，很欣慰，見你逐漸成長的模樣，我能參與其中，是喜悅的樂事。我對你只有一個小小的願望，那就是不論作個笨蛋，做錯事，被誤會，或者可能被某些人討厭，都要以最純粹的方式作自己，然後，希望有一天，也能體會我看著你和他人感受到的一切那樣，在變動時代，用勤奮腳步去尋找生命過程，那一點點可能的亮光。

過去，不少像我同樣出生在二次世界戰亂後的世代，受禮教壓抑、道德束縛、政治統御，連信仰美的事物的靈魂都差些被獨裁掛帥的時局刨光殆盡。

沒錯，生長在謊言體制、邪惡權謀無所不在的時代，人命的生死存亡，實則掌握在長著一副難看撲克臉孔，說是特務人員、恐怖軍人的手裡，多麼沮喪的失落感啊！那種充滿悲涼的苦難歲月，一定要存在有願意靠近你、接受你、擁抱你的人，或者依附在同樣有意願可以讓你靠近、接受和擁抱的人的身旁，以菟絲子花之姿寄生，才能平安生存下去。

紛紜無序的年代，我們已沒什麼東西可隨意失去了，生活樣貌變調，人要如何才能像宮澤賢治說的：「有人一位，有紙一張，有筆一枝，如夢一般，描繪這番景色。」呢？

喜歡北川景子在《房仲女王》那句充滿自信的話：「沒有我賣不出去的房子。」又說：「賣房子就是賣人生，客戶是拿一生的積蓄來下注的。」

不受社會常規束縛，她以獨特作風，進行房屋仲介，成就客戶人生，也成就自己以用心和縝密的人性思考，創造精明的賺錢之道。

想用金錢來改變什麼，很狡猾，卻很受用。

**房仲女王（原名：家売るオンナ）**

劇本：大石靜。

主演：北川景子、工藤阿須加、千葉雄大、仲村亨。

# 面對崩解的世代，憑藉真本事勇敢活下去！

・最遠的旅行是從自己的身體到自己的心。
・我的自尊和自我在社會上一文不值。

動漫畫家宮崎駿說：「最遠的旅行是從自己的身體到自己的心，是從一個人的心到另一個人的心，堅強不是面對悲傷不流一滴眼淚，而是擦乾眼淚後，微笑面對以後的生活。」

只要肯改變，你我曾經抱殘守缺的生命姿態，勢必可以找到更多出路。

改編自宮藤官九郎原作的《寬鬆世代又怎樣》，描述日本實施寬裕教育下，被認為沒野心、沒競爭意識、零協調性，三個被貼上「寬鬆第一世代」標籤，二十九歲的奔三男子，陷在工作、家庭、戀愛、友情的迷途，卻奮力掙扎迎戰的故事。

劇中有句話說：「我的自尊和自我在社會上一文不值。」又說：「就算是逞強，我絕不辭職，因為現在辭職就什麼都得不到。直到回本之前絕不辭職，絕不放棄！」

沮喪或失意不代表結束，只會讓事件擴大。處於寬鬆世代的年輕人，科技知識運用、體能熱力正炙烈拓展，充滿無限可能。

雖然被主流社會笑稱寬鬆世代的年輕人，是圓周率只記到3就可以的傻蛋，但請別說：「如今的年輕人生活輕鬆，物質富足，心無大志，果然不行啊！」

相對來說，或許你會覺得活在低薪世代是件難堪的事，可能因寬鬆世代有太

多人的生活過得特別闊綽，特別帥氣，就連才華被逼到走投無路，內心被掏空了都無所謂，是有這種人，確實有這種人不斷出現，那麼，就請笑中帶淚面對經濟崩解的世代，憑藉真本事勇敢活下去！

不健康的社會，來自心殘的人過多，以及不健全的秩序所形成。

警察執勤遇到「學長」，好似碰到「長官」，好事壞事一律包庇到底，這是怎樣鄉愿的倫常？盲目順從的結果，最後就忘了自己是誰！

被紊亂政局和經濟制約摻攪得渾渾噩噩的現實環境，別說日子過得帥氣，我非常厭惡這個難堪的年代，每天都過著被政治瘴氣轟炸式干擾，萬分氣惱，車轍一致的生活，好似只有政客、法律人、媒體人和商人才得以擁有社會光環與榮耀；好似岌岌可危的國家只有這些人洞燭機先的言論才能拯救，不免感慨悲戚！

所以，做個寬鬆世代的人又如何？有何不可！

**寬鬆世代又怎樣（原名：ゆとりですがなにか）**

劇本：宮藤官九郎。

主演：岡田將生、松坂桃李、柳樂優彌、北村匠海。

# 既然無法放下，乾脆放掉！

・人生就是好事跟壞事不停重複。
・對別人放手，自己仍堅持往前衝的人，無所謂失敗。

無論遇到什麼劫難，我依然在這裡，你也是，誰都是，雖然不好受，難免心不甘情不願，但還是必須忍耐承受，帶著想脫逃的意識，繼續不卑不亢的活下去。

願意向前邁出一步，跟人相處，跟事業搏命，跟體制對抗，會是一場永無休止的爭戰。

戰鬥中，哪一方都可能受創，或許還會出現如改編自作家太宰治原作《人間失格》電影劇情中描寫的那種心情：「我完全搞不清楚，誰能告訴我，到底為什麼只有我一個人在這裡？誰能告訴我？如果是什麼報應的話，什麼時候才會結束？」

艱困人生，曾經歷的傷痛，確實需要透過時間療治、改變。日本明治後期的小說家泉鏡花說：「人生就是好事跟壞事不停重複，即使現在處於好的狀態也不能掉以輕心。」

對有自信而不介意暫時成敗的人，無所謂失敗，對懷抱百折不撓，堅定意志的人，無所謂失敗，對別人放手，自己仍堅持往前衝的人，無所謂失敗，對每次跌倒而立刻站起來，每次向下墜落反而像皮球著地後又彈跳更高的人，無所

謂失敗。

要說人生到底有什麼值得開心的事，就是哪怕因為失敗而發生了悲傷到不堪承受的事，也會在未來某一天重拾笑容；就算現在如此痛苦，總有一天也能開懷大笑。這樣想著，不就很開心嗎？

意志力是連烈焰也能穿透的勇猛武器。

好，就算實在無能負荷成敗，無力承擔風險，無法笑出聲來，那就放掉吧！宮澤賢治說：「不需要別人稱讚，也無須他人為我擔憂，這就是，我想成為的人。」

**人間失格（原名：人間失格）**
小說原作：太宰治。
主演：生田斗真、石原聰美。

# 放掉，放掉，生命列車就快開走了！

・你沒見過的未必不存在，只是你沒看見而已。
・人是在自己前進的路上遇到現在的結果罷了。

如果不想承認軟弱，不想輸給自己，無法停止跟命運搏鬥，沒關係，那就學習宮澤賢治的詩句勉語：「不要輸給雨，不要輸給風，也不要輸給冰雪和夏天的炙熱，保持健康的身體。」

這個世界發生的許多事，大半由於看不清自己而作祟，這是因果循環，也是人的罪業，如果無法認清這點，就只能一輩子在猜忌的焦慮中過活。

信任，是建立在不相信眼睛和心的基礎上，你見到的或許只因你見到過，你沒見過的未必不存在，只是你沒看見而已。凡事冷靜，對別人的意見，可以聽，可以不聽，但，聽過之後便懂得什麼叫志同道合，什麼又叫隨聲附和！

人是在前進的路上遇到現在的結果罷了，不必為受創的生命抱憾，為失敗道歉，當承認失敗是一種自覺，其經驗所得，比閱讀任何一本挽救失敗的書，更具警惕，更有價值。

有人認為，若要活得美好，學習宮澤賢治：「我的每一篇故事，都是由彩虹、月光幻化而成。」若要死得唯美，就模仿太宰治，不由自主躺下的瞬間，抬頭仰面看最後一眼天空，就會有可以安然死去了的感受。

喜歡米倉涼子在《派遣女醫X》信心滿滿的說：「我不會失敗的！」又說：

「不動手術會死，手術失敗也會死，但是我不會讓你死，因為我不會失敗！」

當陷在失意泥淖時，人的情緒容易感受無助之苦；反之，如果心志彌漫自信，一樣可以在孤獨中遇到使人沉醉的春天。

所以，就算看起來平庸忙碌、講求現實的人，也有不少煩惱、挫折與難堪。生活就是這樣，用勞力工作養活自己差不多也是如此，想要的東西大概都買得起，也沒有什麼討厭到非致對方於死地的仇恨。可見，遇到實在沒能力解決的事，怎麼都難以克服的困擾，如果還是無法面對它、放下它，那就徹底拋棄它，從心中移除！

放掉，放掉，再不趕緊放掉，生命列車就快開走了。

**派遣女醫X（原名：ドクターX～外科医・大門未知子～）**

小說原作：太宰治。

主演：生田斗真、石原聰美。

# 沒有黑影，光就不會明白應該照在哪裡！

・人的心中，各有一個囚犯，呻吟哀嚎。
・直到黑夜崩壞，曙光才會適然自若出現。

遇上困難時，多麼渴望奇蹟出現。

由松島菜菜子、長谷川博己主演的《家政婦女王》，講述一位面對大小事，從來面無表情，不見喜怒哀樂，像個機器人，行動超乎完美，只要是僱主的要求，即使再恐怖、危險的事都能履行完成的家政婦三田，在阿須田家幫傭的故事。

三田冰冷的外表下，隱匿一顆善良卻支離破碎的心。父親過世換來母親的冷落，丈夫與兒子棄世換來婆家的責難，婆婆甚至要求她「這輩子到死都不准笑」，讓三田對人生徹底絕望。

# 想哭泣就吹吹哨子，想大叫就放聲痛哭。

- 要是覺得做一件事很痛苦，意志將很難堅持下去。
- 如果沒有哭過，眼睛就不會迷人。

世間人未必人人平等，世間事未必事事平順。

幸福也是一樣，有的生命降臨在貧困人家，有的人生活在安逸無慮的家庭。無論際遇如何，所有帶著他人的期望來到世界的新生命，都是奇蹟。

虔誠祈願降生世間的每個人，都能得到幸福，我們會說：歡迎來到寂寥世界，恭喜你，來到這個繽紛人間。

然而，長大後一腳踏進社會，不免感嘆，想找個合意的工作實在不容易，再怎麼努力賺錢都儲存不了購屋置產的第一筆基金。聰明的人不會等待那些空洞的，高掛雲端，不明所以的奇蹟；結果是，黃昏之後，夜不來，黑影來，徒讓想哭泣就吹吹哨子，想大叫就放聲痛哭。

肌膚染上滿滿壯烈的晚霞。

我們都忘了，漸漸的，忘記最初的理想，以前明明能看得那麼透澈，而今，能不能過幸福的日子，都必須仰賴某某人或是誰誰誰，請問，這將如何獲得快樂？

用奇蹟換來的幸福無法永恆，不論那些來歷不明的奇蹟發生在春天或冬天，我們的確要把自己暴露在赤烈陽光下，用心做事、討自己歡喜，再以燦然夏季迎接秋日豐收的心情面對生活，而不是一味無知的坐等奇蹟到來。

要是覺得做一件事很痛苦，意志將很難堅持下去。

有時，人會有為生活陷入困境，持續從夜晚哭泣到天明的委屈，痛苦在所難免，那就好好哭一場！高倉健主演的電影《鐵道員》有段話說：「想打架就搖搖旗子，想哭泣就吹吹哨子，想大叫就放聲痛哭。」

對，如果沒有哭過，眼睛就不會迷人。

並且，要趕緊把不開心的事當機立斷結束掉，別牽掛、糾纏，換個心情創造屬於自己的動能，才算幸福。

**鐵道員（原名：鉄道員）**

小說原作：淺田次郎。

主演：高倉健。

# 逃避雖然可恥，但有用。

- 希望有一天我們能從一切束縛我們的東西，以及肉眼看不見的細微傷痛中，真正解放出來。
- 只要願意找就會有，認為有就會有，肯努力付出的人注定可以找到。

不論在哪裡求學、工作，要能思辨方向，隨心靈敏，隨意變化；學習不要給自己增添不著邊際的高調意見，太多似是而非的主意徒增煩惱，那是生活中最不必要存在的東西。

當生活陷入迷茫不清，人需要的不是建立不切實際的思緒，而是把困厄明確傳達出來，明晰的見解將會是關鍵性的一劑解藥，幫我們脫離拘執，朝確定目標行動。

拘執太深，容易迷失，很快變成一隻草食性動物，而草食性動物的宿命就是

被獅子啃噬掉。

儘管如此，人還是會在未知如何的人生路上掙扎，一邊畏懼夜晚來臨的暗黑，一邊急欲尋找潛藏於晨曦中的希望。

改編自海野綱彌原作，原名《逃避雖可恥但有用》的《月薪嬌妻》，敘述畢業於臨床心理學系研究所的女主角森山實栗，連番求職，四處碰壁，經由父親介紹，前往工程師津崎平匡的家裡幫傭。平匡是個專注工作的上班族，心中聳立一道拒人於外的高牆，不會隨意流露真性情，自喻：「比起刺激，我更愛安穩，那是專業單身男的終極之道。」逃避人際、依戀、情緒，最終以無法離開又難以結束的關係，被女主角真誠的心意感動，高牆順勢崩解，衍生出以契約結婚為目標，進行同居生活。

劇中有段話說：「希望有一天我們能從一切束縛我們的東西，以及肉眼看不見的細微傷痛中解放出來。」沒錯，有時僅僅一件事、一句話或一個轉念，便足以使人鬆綁生命枷鎖。

最好的情誼又不限於必須從最初的相識開始。

好吧，既然決定要做什麼，就堅持下去，一步一步到底。生活態度不就該如此，只要願意找就會有，認為有就會有，肯努力付出的人注定可以找到。

我們要讓生命如邂逅一座見證歷史的美術館，充滿典雅美學，可欣賞、可玩味，千萬別像一些愚昧無知、冥頑不靈的人那樣，只顧長肉體、添年紀，從不增智慧。

**月薪嬌妻（原名：逃げるは恥だが役に立つ）**

漫畫原作：海野綱彌。

主演：新垣結衣、星野源、大谷亮平、石田百合子。

# 擁抱傷痕和寂寞，接受不完美的人生。

・接受不完美的人生，就不會傷害別人、自己了。
・讓花綻放香味的不是我們，我們只是把種籽交付土地而已。

寂寞的人，不會在乎街上看見的景色美不美。

你確實不是孤身一人，至少，還有寂寞陪伴，讓我們瀟灑的跟寂寞一起迎接每一天，然後盡情耍帥的把夢和夢想放在一起。

跟寂寞和睦相處，擁抱脆弱傷痕，接受不完美的人生，就不會有傷害別人和自己這一回事了。

描述幾個被心底深藏的黑暗所苦，心靈受傷的人，包括遭男友施暴而痛苦的藍田美知留；有良好家庭，但內心殘留不能跟他人傾訴煩惱的岸本瑠可；畏懼性愛感的水島武；外表大落落，內心充滿孤獨感的瀧川繪理，幾個在同個房檐

下生活的年輕人，透過彼此鼓舞，最終撫平寂寞、安定脆弱心靈，獲得生存勇氣的《最後的朋友Last Friends》，有段話說：「因為脆弱痛苦，就這樣大聲宣洩出自己的愛，你認為這是愛嗎？有時為了對方著想而壓抑自己的感受，我覺得這才是愛。」

無法忘記年少發願夢想的人，終究會認真對待人生；唯有勇於跟怯弱決鬥，歷經遍體鱗傷的人，才能體會壯大自己的必要，並且堅毅活下去。

不要跟沒有理想的人談夢想，那些人的心智已經停滯不動；只有找到且擁有喜愛的事物，並認真其中的人，才會像太陽一樣散發耀眼光芒。

看每一季櫻花雨飄落，容易使人黯然神傷，為什麼長大成人後煩惱倍增，這麼容易惆悵？

啊呀！花盛開在那裡，就那麼美，讓花綻放香味的不是我們，我們只是把種籽交付土地而已。那就熱烈邀請微風，轉告人們，春季來訪了。

所以啊，人在沮喪時不要唱歌、聽歌，最好靜默，否則哀怨更深；心情平靜時唱歌、聽歌才容易被歌聲、樂聲逗樂而開心，好像人生的春天到來。

**最後的朋友**Last Friends（**原名：ラスト・フレンズ**）

劇本：淺野妙子。

主演：長澤雅美、瑛太、水川麻美、錦戶亮。

# 過去已過去，未來尚未來。

・如今的自己就是你的全部，就是你的因果。
・過去已過去，未來尚未來。現在復不在，輾轉無相依。

凡事一知半解而好發表高論，會讓人聽起來不舒服。誰知道咖啡從濾壺裡面滴落，第一滴最醇香，最後一滴最苦澀，所以最後一滴絕不能倒入杯裡？不賣咖啡的人誰會知道這個訣竅，開過咖啡館的人也不一定有這些經驗。人類的本性只有在被逼到絕境時，才會彰顯底細。如今，你在這裡的日子不也過得很好？這些都是自己的選擇，今天的自己就是你的全部，就是你的因果。

講述男主角英治在妻子過世後，獨自養育女兒雫長大，並用積蓄開了間朝思暮想，繽紛花店的《沒有薔薇的花店》，某個雨天，雙目失明的女主角出現在花店門口，女主角的真實身分是在安西醫院工作的護士，受院長委託接近英治，安西岳父認為英治先是對女兒始亂終棄，後又將她害死，因此對英治懷恨在心，私下派人調查他身邊發生的所有情事，打算打擊他，讓他別無出頭日。安西的舉動無異給英治的生活帶來影響……

劇中有段話：「為了能幸福，你應該嘗試對一個人溫柔。即使最開始不是真心的也沒關係，總有一天你會變成一個心地溫柔的人。因為對人溫柔是一件很幸福的事。」

人的內心本來就存在有快樂因子，也沉睡有見不得光，教人反感的黑暗面，沉睡的黑暗面讓人晚上睡不安穩，早上醒來不順心，即使勉強醒來，表情又好似跟人為敵一樣難堪。

禪師良寬說：「過去已過去，未來尚未來。現在復不在，輾轉無相依。」

不論是誰，內心都期盼擁有幸福，然而，如果一味把能不能幸福託付他人，最終可能連快樂的影子都會不見；或許，相信別人是一件很難的事，但如果不相信，就一步也無法前進，甚且成為沒有被人幫助的價值。

正是，安西醫院的院長，始終抱著不相信人的疑惑心，日子必定過得不快樂。

**沒有薔薇的花店（原名：薔薇のない花屋）**

劇本：野島伸司。

主演：香取慎吾、竹內結子。

# 人的行為，是他活過的痕跡。

- 一杯清水因滲入一滴汙水而渾濁。
- 男人一過四十歲，就會跟自己的習慣結婚。

一杯清水因滲入一滴汙水而渾濁，一杯汙水不會因注入一滴清水而清澈。人的行為，是他活過的痕跡，也許一時看不見，但會留在一些人心裡，成為別人的工具，例如習慣被當好人看待，代價就是不斷被使喚、利用。

很久以前，有個叫梅瑞迪斯的人說，男人一過四十歲，就會跟自己的習慣結婚。不過，有人總強調自己永遠三十九歲。

時間轉動，從未停止，留在頭殼的腦漿不能以多寡來衡量智慧！你可能無法清楚記憶一年前的那一天發生的事，然，那不等於你在那一天沒活過；你可能記不起前一世發生的事，毫無疑問，你確實活過許多世，只因不習慣記憶生與死。

導演北野武說：「無聊的人生，我死也不要！」

無聊人生如何用寫的、用畫的替代出來？要保守你的甘苦，把痛放在心裡，久了自然消弭。

讓十一位劇作家講述發生在東京下北澤的十一段「人生最糟糕的一天」的《下北澤 DIE HARD》（暫譯），包括行李箱裡的變態男、違法風俗店之男、

讓丈夫穿女裝的女人、連夜逃亡之女、靈魂離開身體的人、魔鬼擁有的女人等。劇中有段話說：「事業和金錢都是讓家人幸福的習慣性工具，但行使者自身的想法如果很糟，這個工具再多、再好，都不具有任何作用。」

人都會有惰性、壞習慣和變態的一面，在社會評判你能做什麼之前，先認清自己的習性，再決定要做什麼！能做什麼！別讓生命清水滲入一滴汙水。

人生前景難以預料，所以今後的日子才有趣；不知未來會發生什麼事，所以人生才值得期待。

**下北澤DIE HARD（暫譯，原名：下北沢ダイハード）**

劇本：喜安浩平等。

主演：古田新太、小池榮子。

# 勇敢祝福世間唯一的「我」

・自己的人生現在只能在這裡。
・男人的人生，沒有預先鋪好的路，勇敢走過，就是路。

根據山崎十三、北見健一的漫畫改編的《釣魚迷日記：新入社員濱崎傳助》，原作是以萬年普通職員濱崎和社長鈴木之間的奇妙情誼、垂釣風波的釣魚趣味為主軸發展的喜劇。

劇中有句話：「一直依賴過去輝煌的崢嶸歲月活著，證明你老了。」誠然，人單純，就愈要努力。

就是這樣，如果能想通是過往種種的努力成就現在的自己，心情便能舒坦。

釣魚的學問不也如此，專心不一定釣得到魚，不專心肯定釣不到魚。如男主角濱田岳，釣技高超、魚識豐富，彷彿鸊鳥，翅膀密實、疾速強韌，天下任由翱翔。

他能做得到，你也必定能做得到，不，能做得更多。

垂釣心平靜，你應該有所覺悟，現在在這裡的你，是過去自己的選擇，過去的自己，現在的自己，自己只能是自己，即便不喜歡自己，自己的人生還是只能在這裡。

這樣就好，且不論那個「我」喜歡釣魚或登山，要相信自己，勇敢祝福世間唯一的「我」。

再說，男人的海，男人的山，男人的人生，沒有預先鋪好的路，勇敢走過，

就是路。

男人的努力是在背後完成的，男人的生命美學是犧牲，女人的人生美學是奉獻。

為了繼續前行，有些過去必須捨棄，而幫我們捨棄過去的，不是時間，不是海風，不是優閒垂釣，而是突如其來的傾盆大雨。

岸本齊史的《火影忍者》有句話說：「雨水會沖刷忍者的血跡，世界不該這樣骯髒。」

**釣魚迷日記：新入社員濱崎傳助（原名：釣りバカ日誌）**

漫畫原作：山崎十三等。

主演：西田敏行、濱田岳。

# 人性的金錢戰爭

- 會解決心虛問題的人才能解脫困境。
- 人的生存之道不是表面見到的那樣。

國外發生空難，新聞主播一臉笑盈盈的一再傳播罹難者當中沒有臺灣人，死的都是外國人。

怎麼會這樣！該怎麼說這種人，會不會說話？到底有沒有同理心呀！

人說話會誇大其辭是因心虛、內涵不足，不是壯大自己的方式，只能說是自誇其能的自以為是，更是一種墮落。

改編自韓國漫畫家朴寅權的同名日劇《金錢戰爭》，描述擅長數字記憶的男主角白石富生，自東京大學畢業後，在知名外資證券公司上班，有未婚妻，生活安逸。

某一天，父親生意失敗，資金散盡，負債累累，高額的借貸無力償還，竟至走投無路，割頸自盡，身為連帶保證人的兒子，除了拿出僅有存款償還部分債務，同樣被債主逼到焦頭爛額，不僅債務纏身、婚約解除、朋友散去，擔任證券公司高級主管的職位也遭解僱，致使他陷入絕境；驀然間，從一名精明幹練的社會菁英跌落谷底，墮落成一心只想為父復仇的金錢俘虜。

為求改變，一無所有的富生選擇前往高利貸集團「赤松金融」工作，無異走進「借金地獄」。進入複雜環境，決定以黑暗手段奪回失去的一切，期間，他必須扮演不允許多問話、多說話，只能聽命行事的人。

故事情節始終圍繞金錢交易、善惡人性與誇大其辭的語言暴力。

劇中有句男主角跟女主角說的話：「妳總是如此正直又溫柔，但我知道，這些溫柔是因妳擁有足夠的財富才能產生的餘裕，而那樣的溫柔只會讓沒有錢的人，覺得自己更加悲慘而已。」

果然，在金錢戰爭中跌倒，人的生存之道就不是表面見到的那樣了。

**金錢戰爭（原名：銭の戦争）**

漫畫原作：朴寅權。

主演：草彅剛、大島優子、木村文乃、翁倩玉。

# 情緒紊亂得像隻土撥鼠

・為什麼要讓痛苦的記憶，像鍬鼴一樣從過去晃到現在？
・悲傷時請把自己隱藏在鏡臺後面，不要讓鏡子看見。

傷心難過時，不要仰望星空；星空雖綺麗，哀人易感傷，觸物增悲心，不如不看的好。

有人看到秋天的大海，甚至悲傷欲絕，緊抱發霉的心，唱著憂傷的歌，閉上眼睛後，往事就像發生在昨日，紛沓而來，心裡的酸楚至今猶存。

世間哪來這麼多使人傷感的事？長大不就是逐漸遺忘如煙往事的過程嗎？對不常悲傷的人來說，必定覺得驚異，為什麼要讓痛苦的記憶，像鍬鼴一樣從過去晃到現在？

沒人會因被罵、被恨、被刺痛而開心，想悲傷就悲傷吧，悲傷時請把自己隱藏在鏡臺後面，不要讓鏡子看見，然後，不管是否有心工作，每天都要保持笑意，穿得體面出門。

即使疼痛有傷痕，也能再生，傷痕就這樣保留著也好。

悲傷時難過，開心時喜悅，脆弱時相互依靠，是人之常情，有時難免會想一個人在日落四周沉靜時刻，什麼都不想，就這樣不需任何理由，昏昏沉沉睡去。不管一個人、兩個人，想睡就睡，想吃就吃，就是不讓腦筋填充過多雜亂的惱人事。

是啊，感覺背負感情活下去的人生，很累，很辛苦，經常像晴天裡忽然遇上傾盆大雨，淋得全身透濕，心跟著淌水，情緒紊亂得像隻土撥鼠，窮盡力氣在土堆裡挖啊挖，愈挖愈深，異想天開挖出一條可以直達天光的通道，終究讓土堆噴到身體，更加不舒服。

改編重松清原作《家庭餐廳》的電影《戀妻家宮本》，描述中學教師宮本與妻子美代子結婚二十七年後，無意間發現一張妻子已然簽好名字的離婚協議書……

枕邊人怎會忽然變成陌生人？劇情有段話說：「很多時候對與錯只會帶來對

立，甚至戰爭，但是，體貼不會，體貼會招來更多體貼。」

忽然接到離婚協議書的宮本，當下情緒是否紊亂得像隻土撥鼠，一時亂了手腳？

人世無常，人會反常，說翻臉立即變臉，感覺婚姻像個空殼，沒什麼特別閒情逸致讓人無視一切的專注其中，直到某天，無意間在球場看到體力旺盛的年輕人，心中才湧起欽羨之情。哇，意外發現自己真是不解風情的人。

原來，沒做什麼蠢事的宮本，甚至不明白應該在婚姻的空殼裝些什麼？

人類相互戕害的歷史由來已久，婚姻、家庭、職場的明爭暗鬥，不都如此摻雜攪和，無端生事？

**戀妻家宮本（原名：恋妻家宮本）**

小說原作：重松清《家庭餐廳ファミレス》。

主演：阿部寬、天海祐希。

# 把雨滴化成花蕾的淚水

・人生啊！近看是悲劇，遠看是喜劇。
・今天處理不好的事，慢慢來，明天說不定會出現意想不到的狀態。

中年婚姻無法如願攜手相依的感受會讓人憂傷到欲哭無淚，這種哀痛的焦躁，像夜行性動物驚惶害怕黎明到來，只能焦慮不安的在原地迂迴一樣。

《戀妻家宮本》的劇情，不時拉扯女主角隱隱作痛的心。

人生只有一回合，婚姻卻可幾回合，男主角遇上這種突發性的離異事件，委實平添不少難題，說道：「我努力活到今天，往後的日子也會是如此。」然而，至終仍找不出「為什麼美代子要準備離婚協議書」的原因。

「你嘗過遭受不明屈辱到渾身發抖的滋味嗎？你不知道感情無依是怎樣痛徹心扉的酸楚吧！你一定不知道什麼叫精神恐懼？那就由我來讓你毛骨悚然！你

根本不知道什麼叫辛酸？也不會明白什麼叫悲傷？那就由我來讓你認識什麼叫絕望，由我來徹底摧毀你！」

啊，這是婚姻受挫，最可怕的回擊。

被婚姻疏離，劇中男子該當如何把冷卻了二十幾年的戀情，回復成最初那份熾烈？猶豫不決、優柔寡斷的男子，好比被女人掌摑臉頰後再賞個甜柿吃那樣不明所以、苦不堪言。

天地蒼茫，你我都曾經歷過瘋狂愛戀的年華，也蘊蓄過清純的情感。如今，傷悲的心宛如複雜性骨折，說斷就斷，現在如此傷悲，連眼淚都流乾，彷彿從此不再綻放燦爛笑容一般。

遠眺近在眼下的群山綠林，傷感的情緒不由自主沉入黃昏後的寂靜，雪啊！風啊！雨啊！隱約聽見哪裡傳來最後一陣冷風落地聲，那是無聲無息的生命飄浮，是內心何去何從的恐懼聯想，夜半天地正酣眠，一陣冷風不偏不移掉落心中某處，很快澎湃成洶湧的浪濤聲。

兩人共同生活的婚約好比一張砂紙，又像是鐵匠磨劍一樣，無論如何都像是要磨掉雙方的壞脾性、伶牙俐齒、狂妄自私。

 兩人共同生活的婚約好比一張砂紙，又像是鐵匠磨劍一樣。

默片喜劇演員卓別林說：「人生啊！近看是悲劇，遠看是喜劇。」婚姻的悲喜劇如何分別？

嗯，或許越過牽絆，就會好起來，今天處理不好的事，慢慢來，明天說不定會出現意想不到的狀態。愛情一旦裂了，破了，碎了，搶救又有何用！

情愛的感知如此淡薄，好似隨風飛散的無魂軀殼。好吧，那就學習文學家創作的心情，作家只為眼前人寫作，是要把雨滴化成花蕾的淚水，把淚珠幻化如寶石！

**戀妻家宮本（原名：恋妻家宮本）**

小說原作：重松清《家庭餐廳ファミレス》。

主演：阿部寬、天海祐希。

# 有耀眼陽光的地方，也有厚重陰影。

- 發怒是因為自己的心意不能好好傳達。
- 戀愛是喜悅、快樂的，就算結束了也可以夾在相簿裡。

計較時間太快、太慢，沒有意義，生命要如沖天煙火，為暗夜大地妝扮光芒那樣，允許靈魂爆裂如火花，好好活過這一天、那一天、每一天。

《家政婦女王》出現過這樣一句對白：「發怒是因為自己的心意不能好好傳達，焦躁成怒而已。也是因害怕被人發現沒自信而恐懼不已。」就是，不要讓任何激烈的語言、行為占上風，否則會被困在怨憤的痛苦牢籠裡。

「人會在很燦爛的瞬間，看錯非常重要的東西。」耳聽是虛，眼見是實，容易被激怒是因心虛、沒自信，形同中計，順了對方的意，糊裡糊塗做出難以挽回的憾事。

講述幾位因愛而絕望，卻在奇妙機緣下重新追尋真愛，歷經世事變幻，才領略愛的真諦的《世紀末之詩》，描繪因競選校長失利，在意識渾噩下萌生厭世的教授百瀨夏夫，打算從天臺跳樓自戕，不意遇上對街大廈同樣企圖自殺的失戀男子野亞亘，以及恰巧從那裡經過的女孩美亞。

神奇緣分讓三個人在港町一間車房一起過著新生活；後來，又巧遇一位小學教師羽柴理美和拚命賺錢顧養弟弟的牧野千秋，幾個人在共同生活中，對愛的定義和見解產生新的理解。

劇中有段話說：「為了改變自己是個卑微渺小的人，一味拚命尋找比自己渺小的人，就像主婦在肥皂劇裡找比自己不幸的人加以同情。更糟的是，僅憑外表去判斷人的優劣，為了尋找點燃愛的煙火的地點，搞得焦頭爛額的他，看起來就像『星星王子』一樣。你跟他比簡直就是『星星碎片』。不，應該是堆垃圾。」

不過，我還是比較喜歡教授說的話：「戀愛是喜悅、快樂的，就算結束了也可以夾在相簿裡。但是愛卻不同，愛與恨會被記在心裡，不值得回憶的悲傷也會刻在心上。當懷念愛時，大概是在對方死後吧，互相不再懷疑了。」懷疑和被懷疑的愛，感覺都很糟，不是嗎？

記得戀愛季節，有耀眼陽光的地方，也有厚重陰影，別被陰影吞噬。

**世紀末之詩（原名：世紀末の詩）**

劇本：野島伸司。

主演：竹野內豐、山崎努。

# 在世界盡頭歌詠愛情的少女

・成熟的愛情，是一起用心看相同東西，被相同東西感動。
・愛像呼吸一樣平常，有一點冒險，當你沒想要懂時，經過一場情欲纏綿的觸動，突然就懂了。

成熟的愛情，是一起用心看相同東西，聽相同聲音，被相同東西感動。

身處在星空築起的房檐下，兩個人共同深究什麼叫作屬於情侶的憂傷？能不能在一起？會不會結合？那樣也沒什麼不好。如果兩個人在一起仍舊感到孤單，就要共同創造完美的相愛世界了。

愛有一點冒險，卻像呼吸一樣平常，當你還處在懵懂時，經過一場情慾纏綿的觸動，說不定就忽然懂了。

就像少女在世界盡頭歌詠愛情，動人心弦的《世紀末之詩》，有段話說：

「愛不像熱戀可以成為回憶，一旦失去，連愛人的權利都會被剝奪，雖然只是一瞬間，若能永恆不變、不猜疑、不放棄，隨之產生喜悅、憤怒、悲傷、快樂，甚至到最後得到救贖，與心愛的人相遇，一輩子相依相偎，才是愛。這種愛，絕非任何人能擁有，更不可能與生俱來。」

初戀比單戀有趣，單戀好比扁桃腺，沒什麼作用，但人體卻會因它而生病。還有一段話，說得更有趣：「哈囉！寶貝，愛的形狀像氣球，深深吹進一口氣，妳若累了就換我來吧！緊緊的打個結，別讓氣球破了。紅、黃、藍等形形色色的愛緩緩飄上天空，時而任雨淋，時而隨風飄，何時降落的地方，那裡，有妳也有我。」

倘若用為愛而痛苦製造假象，便以為能讓對方看見你的情意；或是，利用以為戀情依然存在的悲情苦肉計，試圖討好對方，那就大錯特錯。

愛是戀情結束，猶如雨過天晴的彩虹，很美，卻一下子不見；愛像流沙，像流水，會從緊握的指尖滑落，如果真心愛對方，就要用真情守護對方，不讓對方悲傷。

**世紀末之詩（原名：世紀末の詩）**

劇本：野島伸司。

主演：竹野內豐、山崎努。

# 我決定讓自己失戀

- 敗別人的興來讓自己歡喜，是很沒禮貌的行為。
- 要贏在志氣飽滿，還是輸在意志消沉？

你必須承認，人心裡面都暗藏有某些陰沉，而這必須靠自己找出答案，要是一時片刻找不到，就把它暫時寄放在空氣中！

你知道打仗和打野球的最大區別在哪裡？打仗不論輸贏，結束後就不想再戰；打野球是不論輸贏，結束後馬上想再開打。這就像在遊戲中爭奪勝負的人，當自己勝了，就興高采烈，因為技高一籌而沾沾自喜，但也要想到，萬一失敗了不就是討自己興味索然？如果想到這一敗北，讓別人興奮，恐怕又無心再戰。

戀愛亦復如是。

人生輸贏，情愛輸贏，你是要贏在志氣飽滿，還是輸在意志消沉？

改編自水城雪可奈的漫畫，描述男主角卯足精力，不遷怒，心甘情願在情人節為喜歡巧克力的女主角做出一大盒巧克力的《失戀巧克力》，有句話說：「為愛受虐千百遍，對你仍如初戀！」啊！可愛的傻子、快樂的男子。

所以，經常唉聲嘆氣說自己不快樂，好似不被世界需要，讓人討厭的傢伙，壓根很想賞他一記耳光，喂，細菌人，快樂要靠自己尋找！

「我決定讓自己失戀了！」不必為愛情強說道理，下注定義，失戀沒什麼不好，只要真情流露就好，只要感覺自己有愛就好。

對！今生的我們不過是朝著該去的地方去，回到該回去的地方罷了，等到時刻到來，坐上那艘船，慢慢駛去，僅此而已。

**失戀巧克力（原名失恋ショコラティエ）**
漫畫原作：水城雪可奈。
主演：松本潤、石原聰美。

# 好想把你摘下來，據為己有。

・如果不讀書，行萬里路也不過是個郵差，充其量或可稱作旅行者。
・如果你討厭我該多好，就會把我的事情忘得一乾二淨。

不快樂並非表示不要快樂，但不快樂會使人失去動能，失去理解音樂之美，失去感受戲劇奧義，失去閱讀文學名著，接受心靈震盪，並為之動心動容的感知元素。

對，如果不讀書，行萬里路也不過是個郵差，充其量或可稱作旅行者。

改編自中原亞矢漫畫《請與廢柴的我談戀愛》的《拜託請愛我》，描述一位自承凡事做不好、很失敗，長得一副樂天知命，廿九歲的粉領族柴田倫子，公司倒閉後，只能回家吃老本，還得供養交往中的男友，最終讓存款不多的她，陷入困境。

就在謀職屢屢碰壁，幾近窮途末路之際，巧遇又恨又怕的前上司黑澤步，前上司大發慈悲，讓她在自己經營的咖啡館打工，供吃供住，兩人進而產生一段淡淡幽幽的戀情。

「因為沒錢，所以找不到幸福，追尋不到快樂，也治癒不了百無聊賴的日子，這樣下去的話，身心都會死掉。能讓我的心靈休息的地方到底在哪？」是這樣嗎？

女主角又說：「如果你討厭我該多好，就會把我的事忘得一乾二淨；如果一切看不清該多好。我曾以為，只要你笑，什麼都好。本該是萬物枯萎的季節，卻依然有花鮮豔的綻放，就像你一樣，好想摘下來，據為己有。」

人為生活而苦惱的事太多，嫌錢少不夠用、擔憂找不到好伴侶、不知道自己容貌醜陋、不知道自己技藝拙劣、不知道自己貪得無厭……，總之，不知道自己身上有多少缺憾，又怎能無端煩惱世人譏笑自己的原因？不如把那個喜歡的人摘下來，摘下來，隨身攜帶。

啊！苦惱金錢不夠用，苦惱愛情不來相會，有一天，心裡會長出憤怒的腫瘤。

●……………………………………

**拜託請愛我（原名：ダメな私に恋してください）**

漫畫原作：中原亞矢。

主演：深田恭子、藤岡靛。

# 和她成為工作上的戀人

・人是在做出眾多選擇後，才成為大人。

・不必太過感嘆這個世界，而是去相信它。

要忘掉煩惱、不快樂的方法，就是知曉容貌的變化，可以在鏡子前面看到；年歲的增長，可以數得出來。這些都能經由自知而明白，但知道事實後，沒相對作為，又等同不知。

不自知而欲知人，不合常理；只有自知之明，才懂得體會。

所謂體會，並不是要能變醜為美、返老還童、變貧窮為富有，而是說，既然知道容貌醜陋，何不立即引身而退？既然知道已屆老年，何不靜心養身以求自保？既然知道行事愚笨，何不反躬自省？既然知道富貴不易求，但祈平安就好。

改編自岡田惠和原作，描繪坐落在鎌倉一間巷弄餐館，實而不華，華而不花，溫馨的家族人情，傳述他和她和許多人，成為工作上的戀人的《倒數第二次戀愛》，有段精采對白：「人是在作出眾多選擇後，才成為大人。選擇一件事情的當下，意味必定也會失去其他部分。要表揚那個在過去作出選擇的自己，然後，繼續朝未來作夢。不必太過感嘆這個世界，而是去相信它，因為我們都是這世界的一員。」

真是美妙到閃瞎人眼、觸動人心的臺詞。

唉，總是把愛掛在嘴邊，似乎有些造作，勤奮工作一樣有愛呀！

比起做出令人難忘，讓他人銘記在心，以致常常被回想起來的人，《倒數第二次戀愛》潤澤若濡的歡樂真情似乎更為高明，更能感動人心。

**倒數第二次戀愛（原名：最後から二番目の恋）**

劇本：岡田惠和。

主演：小泉今日子、中井貴一、坂口憲二。

# 男人與女人不能靠得太近

- 男人與女人不能靠得太近，距離太近，愛會變成消極的負累。
- 男人喜歡用美麗的花言巧語餵食女人。

愛的悸動情緒，常這樣描寫：

自從第一眼看見妳，就被深深吸引，妳的倩影在我腦海盤旋不去，我的耳朵愛上妳的聲音，眼睛被妳甜美的笑顏迷惑，我喜歡妳依偎懷抱，讓我用溫柔守護妳。

我對妳的感情像雪花一樣，日積月累，堆積深厚，好比寒冬最初的那一場雪，一直在我心裡，沒有融化，不論過去多久，妳在我心中都是特別的存在。

花朵綻放，是為了總有一天要誕生的妳，為了總有一天會墜入愛河的妳，為了感受愛，要以愛回報，彼此溫暖。

《失樂園》作者渡邊淳一說：「男人與女人不能靠得太近，距離太近，愛會變成消極的負累。」

不能讓人幸福的愛是多餘的，會像一場突如其來的風暴，所以，緊緊牽繫妳的手，比什麼都溫暖，那是我笨拙的舉止表達的真摯之愛，一種莫名的小鹿亂撞，瞬間的心動神馳，是心情向我傳達幸福的訊息。

描述闊別十八年的初戀情人，知道女主角許多不能揭發的祕密的男子，某天，突然出現在她家閣樓，集懸疑、驚悚、爆笑、不倫為主題的愛情劇《閣樓裡的戀人》（暫譯），有段話說：「女人這種生物的世界，即使有妳不想說的話，但在察覺到對方想讓妳說話的那一瞬間說出來，朋友關係才能開始形成。」又說：「你不知道的事，就不會了解；如果你不了解，又怎麼能讓它變得更好？」

喜歡的人，你或許不會直接說我喜歡妳，而是說：「我想見妳。」對吧！想碰面的人，絕不會跟對方說我想跟妳見面，會說：「要不要一起去吃飯？」或「要不要一起看電影？」是吧！

是嗎？要說多少次都可以，我想妳是真的愛我，只要說出「我喜歡」就好，要我說「永遠在一起吧」也可以，但，請別說，男人只要有了女人，惡魔立即上身；或是，男人一轉身就跟別的女人相好，男人喜歡用美麗的花言巧語餵食女人……。女人啊，是不是戀愛的長跑健將？是不是為了撰寫愛而降臨人世的美麗動物？

**閣樓裡的戀人（暫譯，原名：屋根裏の恋人）**

劇本：中田秀夫等。

主演：今井翼、石田光、高畑淳子。

注：倉科加奈、三浦翔平、大谷亮平、水野美紀主演的《奪愛之冬》；稻垣吾郎、栗山千明、市原隼人、成宮寬貴主演的《不愉快的果實》，都屬不倫劇。

# 戀愛，然後逆襲！

・喜歡一個人時，心情總會在那裡晃來晃去，躺著打滾！
・治癒失戀的方法，就是開始另一段新戀情。

交往而沒有吵架不代表合得來，是因為沒深交，千萬別用憐憫心看待男人的戀情，男人不會在遭受愛情打擊後就暴飲暴食或茶不思飯不想，若有，那絕對是三流電視劇的腳本。

愛情不是藝術品，不能裝飾，她是人生本身。

改編自山田詠美同名小說，創作靈感來自谷崎潤一郎的《癡人之愛》，敘述一段用二十年歲月把情敵的兒子調教成情人的不倫戀《賢者之愛》。

熟女對小情人說：「在這世上，不愛別人，只愛你。」小情人對女主角說：「妳要是變成老太婆，我就打飛你。」是浪漫？會不會過於噁心？

不會，不會，喜歡一個人時，心情總會在那裡晃來晃去，躺著打滾！

啊！情慾世界不再有多餘的東西，男人、女人都一樣，遇到愛，眼下一切，全是兩人用戀情共譜寫下的詩篇，誰會在乎是復仇還是扭曲的情愛！

小說家川端康成在《花的圓舞曲》說：「感情這種東西，已經不可依賴，如今世道變成這個樣子。愈是有才能的人，感情就愈脆弱。」

對愛情理性，是為了不讓雙方遺憾終生。

愛情語言始終無法超越內心力量，雖然妳很想把內心話清楚說給對方聽，希望把傷害降到最低；或用尖刻言語，把對方打到無底深淵，也許他就會討厭

妳，並結束這段愁苦戀情。

不，妳給的痛苦不夠多，這樣下去，他肯定會被妳不知是真或假的天真打敗，思慕之情反而愈陷愈深。

只要專心投入感情，絕對不會有背叛這回事，治癒失戀的方法，就是開始另一段新戀情。

哈，女人喜歡男人有時滲漉一點壞壞的氣質；男人喜歡女人偶爾放射無法阻擋的任性氣勢。因為，戀愛不是在見面時萌芽，是在見不到面時發生。掉入愛情漩渦的人都成為傻子，永遠學不會相愛的方式。

如果愛情換了名字，不叫愛情，那該叫什麼才不會使人傷神？

不會使人神傷的相思戀情就不足於稱作愛情吧！

**賢者之愛（原名：賢者の愛）**

小說原作：山田詠美。

主演：中山美穗、龍星涼、田邊誠一、高岡早紀。

歡自己的人，是這個世界最難的事吧！」又說：「喜歡的人，不是他在那裡，所以才看到他，而是回望過去的時候，他總是在那裡。」

這是怎樣的情愛說法？果然，愛情不是始於相逢時，在於離別後。

啊！原來情侶有兩種，一種是兩情相悅，一種是不知怎麼提分手，所以還在一起。

而男人，對不接受自己的女人，大都具有攻擊性。就算不能愛你愛到天荒地老，為什麼做不到對方願意接受，就當執意的愛，對方不接受，就當恆久的相思？

**那一年我們談的那場戀愛（原名：いつかこの恋を思い出してきっと泣いてしまう）**

劇本：坂元裕二。

主演：高良健吾、有村架純、坂口健太郎、高橋一生、小日向文世。

# 想要愛，唯一就是不能拖泥帶水！

- 愛不是深情對望，而是一起凝視同個方向。
- 不會讓人幸福的愛情，窮盡洪荒之力追到手也沒比較好。

愛情並非追求完美幸福的唯一元素，幸福人生，不一定依附愛情、婚姻。

愛，只能用無聲的方式告訴人們，一切會好起來，一切會步入正軌，每一段破碎的關係，都會再次完整。愛，無法用肉眼看到，愛不是深情對望，而是一起凝視同個方向。

能相互感謝而分手道別，是真心愛過的戀情，緣盡情了沒什麼不好！

敘述從偽裝的愛，邁向真誠之愛的《流星》，主題歌〈流星〉寫出這樣的情境：

寒冬的山邊，映照雪白的月光，彷彿水母，真是不可思議的夜晚，幾經折散，幾經疏離，眼眸深處，兩人牽絆如昔，繁星之間璀璨的兩顆心，渴望穿越愛的黑夜，化作流星，劃過天際，到妳身邊，消逝前，堅信彼此屬於同一星座；即使比妳美麗，比妳溫柔，也取代不了唯一的妳。……

轟轟烈烈的愛情，死去活來的戀情，好似只存在於戲劇、小說！想擁有愛情，要有腦子，不會讓人幸福的愛情，窮盡洪荒之力追到手也沒比較好。

講述在新江之島水族館工作的男主角，因妹妹感染無法痊癒的肝病，只剩一

年的命好活，家人的體質又不適宜移植，加上親戚避之唯恐不及，紛紛閃躲，他因緣際會認識了在制服店工作的風俗女子槙原梨沙，雙方偽裝情侶，訂定器官移植契約的《流星》，引發了一場「水母之戀」。

愛的意象要如平安時代的作家，《源氏物語》的作者紫式部的短歌所云：「啊，請不要把旅居一夜，枕頭上的一點露溼，和山中浸濕透頂的青苔相提並論。」

愛，不就是嫉妒、自私的組合嗎？愛情從不顧及人的死活，只會讓人愛到怦然心動、黯然心死。嫉妒既是相愛的證明，兩人愛戀，文火慢熬固然重要，也不一定要時常相約看流星，更毋需諜對諜故弄玄虛，好比恐怖情人。唯一，就是不能拖泥帶水。

**流星（原名：流れ星／ながれぼし）**

劇本：臼田素子、秋山龍平。

主演：竹野內豐、上戶彩、松田翔太、稻垣吾郎。

# 愛一個人最重要的是，被對方所愛。

- 會難受是因你為對方著想。
- 覺得合得來的人就是中意的那個人。

喜歡，需要什麼理由？難道不就是被對方的眼神閃到的那一刻便已開始了嗎？

強調「就算你說我遜，不出色，我也要創造屬於自己的故事。」的《不便利的便利店》，講述自稱帥哥的劇作家竹山純某日搭乘長途巴士前往北海道富良野取材，不料半途遇上暴風雪，只好停留在赤平市。

當晚，在小酒館意外丟掉錢包和手機，第二天醒來，發覺睡在一間樹屋搭建的便利屋，他在便利店遇見喜歡畫畫的松井和有過三次離婚紀錄的梅本，全劇描述「松竹梅」三個男人在冰雪小鎮發生的趣事。

劇中有段話：「會難受是因你為對方著想，別拿你的殘腦擅自揣測，人說什麼都以自我為中心；聽著，意識到對方的存在才有了自己，把自己的想法強加別人身上，這叫任性，這樣是愛不了別人，也得不到愛，愛一個人最重要的是被對方所愛。」原來，是性情單純的竹山純停留在陌生的雪國期間，騷動起一段不可思議的愛情。

講不出口的愛，有種特別氣味，是愛情的味道吧！覺得合得來的人就是中意的那個人，才會產生奇特味道，那是一種無法嗅覺，只宜感受的戀愛滋味。

這樣說吧，兩人的關係是影子，你愈追，她愈逃；她逃，便是躲起來。

影子終究是脆弱的東西。

因為追求不到真愛，感到痛苦的人，還在為殘缺的戀情傷悲，不能逃避它，那種為愛而愛的痛苦，直到後來，必然加劇成病。

戀人或朋友，只要失去一個，內心會空掉一塊，寂寥的靈魂也會立即魂飛魄喪。

正如平安時代的作家和泉式部，因為丈夫外遇，神傷走到京都貴船神社祈願挽回丈夫的心，當佇立貴船川畔，見漫天飛舞的螢火蟲，好似靈魂出竅，有感而發寫下的和歌：「澤上螢火蟲，凝視猶如夢遊魂，離我身軀出。」

**不便利的便利店（原名：不便な便利屋）**

劇本：鈴井貴之。

主演：岡田將生、遠藤憲一、鈴木浩介、森山榮治、田中要次。

# 你能接受沒有愛的婚姻嗎？

・我不會死的，因為我愛妳！
・愛情又不是警察辦案，沒有常理，何需典範！

戀人分手後，對方的身影不僅不會消失，反而會在腦海逐漸擴大，不論晨起、飯後；不論工作順利或失落，時刻想聽到對方的聲音，想見到對方的臉龐，就算只是回眸一笑也無妨，就算不回頭看一眼也沒關係，即便充滿憤恨的哭泣也無礙，全是沖著愛情而來。

記住，告白是小孩的作風，身為大人請用真心主動誘惑；誘惑對方，就要拋開人性善惡，化身為黏膩的貓咪或凶猛的老虎，不然就是被雨淋溼的可憐小狗，只有這三種選擇。

愛情像玻璃，易碎，小心呵護，前提是，必須優先考慮對方的幸福。

男女之間的愛，不過是一定期間大腦分泌的麻醉物質，所以愛也會有枯竭的時候，這時，就是分手時刻。

分手時，男人會把用淚水寫下的分手信，以簡訊傳給對方，也會拿對方為樣板，試著去喜歡別人；分手後，原本相愛的「我們」，最後還原成最初的「我」、「你」，就連分手的語言也充滿無盡傷感，唉，就像詩人石川啄木說：「九月已過半，又非童真雉子，愛戀之意藏何時？」

還有，請讓兩人的愛保持一瓶礦泉水的距離！你不知道距離有多可怕，人類確實會在非常狀況發生時，誤把心臟的波動以為是愛情在震盪的動物。所以，分手時千萬別隨意給對方親吻，示意再見。吻，是愛情印記最具體的象徵，易於吞噬人心。

著名的《一〇一次求婚》有句對白：「我發誓，我會永遠愛你，哪怕五十年後，此心不變。」再如：「我不會死的，因為我愛妳！」這種老套的愛情語言，不就是作文誇飾詞的最佳典範？

愛情不是警察辦案，沒有常理，哪需要靠典範、理論、邏輯？若真喜歡一個人，會找不出理由嗎？喜歡對方可能是一瞬間的事，想起把人擁在懷裡，成為盛開的花朵，以為這就是愛，其實更是自以為是的神聖清高。這些風雅的糖衣，會使人對愛情困惑。

共鳴，才是走上愛情之路的第一步。

當你有足夠愛心引導對方理解、包容所有缺憾，那麼，這就是愛情；當你有足夠耐性去等待、奉獻，為愛殷勤，瘋狂的嫉妒、吃醋、不安，這就是愛情。

**一〇一次求婚（原名：せいせいするほど、愛してる）**

劇本：野島伸司。

主演：淺野溫子、武田鐵矢、江口洋介、田中律子。

# 等待回不來的人，心裡的時鐘也停擺。

- 我在她心裡，她也在我心裡，這樣就夠了。
- 跟多情男人在一起，女人豈會幸福？

這是早春的清晨時分，我在被白雪沉埋的福島裏磐梯高原民宿，嗅聞到坡地上雪花蓮飄送過來的香味；大多數日本人知道那是融雪前最先聞到的花香，被喻為揮別昨年戀情未竟成全的淚水。

人的感情是否也有香味？感情是大腦內部化學物質釋放後產生的情慾激素，那個地方通常會釋出氣味，一旦氣味揮發淡了，消失不見，愛情的感覺跟著沒了。

改編自北川美幸同名漫畫的《毫不保留的愛》，敘述女主角跌跌撞撞遺失戒指，又與男友分手，適巧遇到替她找回婚戒的好心人，也就是她任職的跨國頂等待回不來的人，心裡的時鐘也停擺。

級珠寶公司新進主管，一個既富且帥的已婚男子；之後，一段辦公室的禁斷畸戀於焉展開。

男主角說：「我放棄成為建築家的夢想，進入公司，而她不拐彎抹角，面對原本半途而廢的我，使我認識工作同仁的熱情，以及對珠寶傾注的愛。與她相處，我逐漸對自己的天真感到慚愧，並承認自己有多無能。和她一起走過的日子不會破滅，我在她心裡，她也在我心裡，這樣就夠了。」這種毫不保留的愛，只局限於夢中才會出現吧！

他以為她就是命中注定的美麗邂逅，他想讓她一輩子幸福，不讓她哭泣流淚，只要是為了她，什麼都能拋棄，就連躺在病榻的妻子都可以放掉不顧。可憐的妻子，她才是真正等待回不來的男人，心裡的時鐘也停擺的人。這個世界除了男人，就是女人；如果是不會讓對方感到幸福的婚姻，還是不要表態的好。

跟多情男人在一起，女人豈會幸福？雖然女人嘴上說喜歡好男人，其實更愛壞壞的男人發完脾氣，回過頭來哄她。

**毫不保留的愛（原名：せいせいするほど、愛してる）**
漫畫原作：北川美幸。
主演：武井咲、瀧澤秀明。

# 愛情好似哈欠與屁

- 愛情不是家家酒遊戲，不可意氣用事。
- 你的人生是自己的，想怎麼做就怎麼做。

會對別的女人動容的男人，會對別的男人動心的女人，有什麼好留戀，趕緊說再見。

川端康成在小說《睡美人》寫道：「人與人之間的厭惡，夫婦之間最有切膚之感，實在令人生畏。假如它變成憎惡，那就是最醜陋的憎惡了。」

對愛情執著，使人感覺像夢幻，很不真實，有人以為心裡充滿我喜歡妳，我比任何人更想接近妳的話，動了心，又很難啟齒，就是愛情。

事實是，愛情好似哈欠與屁，無法掩蓋；儘管如此，人還是會拚命追逐，只為證明自己是個男人、是個女人。

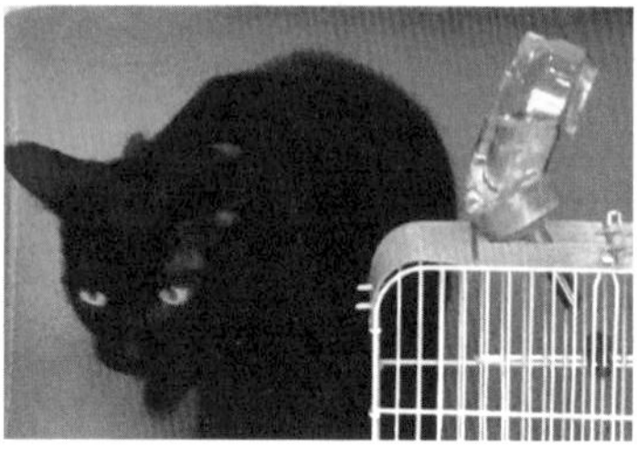

在該離去時，不必費心理解留下來的人，心裡怎麼想。

短暫相聚，帶給寂寞的疏離心更加疏離。

劇中有段話說：「昔日虛空把人吞沒，作為報應，人又把虛空吞沒，也是這個道理。人把這種虛空吞沒，又把虛空呼出，被呼出來的虛空，又把人吸了進去，同樣的事反覆循環。現在這樣談論或觀察事物，不知什麼時候會進入虛空而消失，然後又從虛空中出來觀看。誰能知道哪個是真的？」

噓，江戶僧人良寬說得好：「如煙往事俱忘卻，心底無私天地寬。」

偶爾會感覺好久沒看到花這類東西了，而花啊，樹啊，草啊，明明就在身旁，呵，一定是腦子裡想過的事，一下子又忘了。總之，刻意忘記的事，就一定想不起來，人一旦到了四、五十歲，過了六十歲，會對黑暗、陰影等負能量付諸一笑，然後，在該離去時，不必費心理解留下來的人，心裡怎麼想。

人生現象來自因緣，一切徒然；終於虛空，一無所有，就如素有「惡魔主義者」之稱，以寫作《細雪》聞名，後來改編為《平成細雪》，描述關西蘆屋蒔岡家，四姊妹之間愛恨情仇，耽美派的作家谷崎潤一郎，畢生追求永恆不變的唯美，直到臨終，下葬京都法然院，墓地僅立兩塊青石，上刻「空」、「寂」二字，不無淒美。

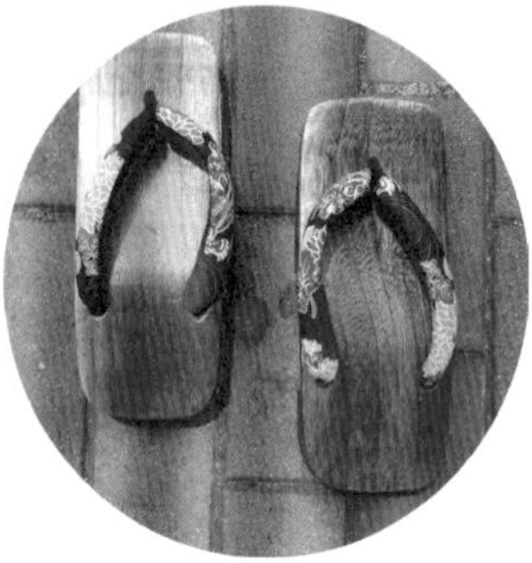